눈감지 마라

눈감지 마라

이기호
연작 짧은 소설

마음산책

이기호

1972년 강원도 원주에서 태어났다. 1999년 〈현대문학〉 신인추천공모에 단편 「버니」가 당선되어 작품 활동을 시작했다.

소설집 『최순덕 성령충만기』 『갈팡질팡하다가 내 이럴 줄 알았지』 『김 박사는 누구인 가?』 『누구에게나 친절한 교회 오빠 강민호』, 장편소설 『사과는 잘해요』 『차남들의 세 계사』, 중편소설 『목양면 방화 사건 전말기』, 짧은 소설 『웬만해선 아무렇지 않다』 『세 살 버릇 여름까지 간다』 『누가 봐도 연애소설』 등을 펴냈다.

현재 광주대학교 문예창작학과에서 학생들을 가르치고 있다.

눈감지 마라

1판 1쇄 발행 2022년 9월 25일
1판 3쇄 발행 2023년 2월 5일

지은이 | 이기호
펴낸이 | 정은숙
펴낸곳 | 마음산책

편집 | 성혜현 · 박선우 · 김수경 · 나한비 · 이동근
디자인 | 최정윤 · 오세라 · 차민지
마케팅 | 권혁준 · 권지원 · 김은비
경영지원 | 박지혜

등록 | 2000년 7월 28일(제2000-000237호)
주소 | (우 04043) 서울시 마포구 잔다리로3안길 20
전화 | 대표 362-1452 편집 362-1451 팩스 | 362-1455
홈페이지 | www.maumsan.com
블로그 | blog.naver.com/maumsanchaek
트위터 | twitter.com/maumsanchaek
페이스북 | facebook.com/maumsan
인스타그램 | instagram.com/maumsanchaek
전자우편 | maum@maumsan.com

ISBN 978-89-6090-770-6 03810

* 책값은 뒤표지에 있습니다.

왜 없는 사람끼리 서로 받아내려고 애쓰는가?
왜 없는 사람끼리만 서로 물고 물려 있는가?

차례

어둠 뒤를 조심하라

이제 그만 들어갈까?

정용이 그렇게 말하자, 진만이 바닥에 놓여 있던 촛불을 들었다. 초는 이미 볼품없이 녹아내려 엄지손가락만 해져 있었다. 밤 11시였다. 꼬박 네 시간 넘게 그들은 편의점 앞에 앉아 있었던 셈이다. 주변엔 여전히 지나다니는 사람 한 명, 차 한 대 보이지 않았다.

1월 셋째 주 토요일이었다. 전라남도 소재의 한 사립대학교에 다니고 있는 정용과 진만은 그날 오후 인근 광역시에 나갈 작정이었다. 그곳에 나가 피시방도 가고, 밥다운 밥도 먹을 계획이었다. 겨울방학이었지만 그들은 계절학기를 듣느라 학교 기숙사에 머물고 있었다. 면 소재지에 위치한 그들의 대학교 정문 앞엔 편의점 하나, 치킨집 하나, 문 닫은 중국집과 피시방 하나가 전부였다. 달랑 2층짜리 그 건물 하나. 그 뒤로는 오직 논과 밭과 산뿐이었다.

무슨 대학교가 정미소도 아니고…….

예전 그들의 대학교에 처음 와본 정용의 아버지는 그렇게 말하기도 했다. 주말엔 기숙사에서 학식이 나오지 않아, 그들은 매번 편의점에서 도시락이나 컵라면, 삼각김밥을 사 먹었다. 그것만으로도 지난 학기 대학교 내 복삿집에서 아르바이트를 해 번 용돈을 거의 다 써버렸지만, 그들은 큰마음을 먹고 광역시로 나가기로 했다. 가서 우리도 촛불집회도 가고, 그 사진 찍어서 막 인스타그램에도 올리고, 뭐 그러자고. 진만이 그렇게 말했을 때, 정용은 말없이 고개만 끄덕거렸다. 촛불잔치든 촛불집회든, 어디든 사람이 많은 곳으로 가고 싶었다. 이제 곧 졸업인데…… 산골짜기 대학교에만 머물고 있다 보니 어쩐지 진짜 고라니가 되어가는 기분이었다. 노루와

고라니를 어떻게 구별하는지 알아? 노루는 엉덩이 쪽이 하얗고 고라니는 조금 절뚝거리면서 뛴다. 예전, 정용은 수도권 대학으로 진학한 여자 친구에게 그런 문자를 보낸 적이 있었다. 보내면서도 아이, 씨…… 내가 왜 이런 걸 알고 있지……. 정용은 자괴감에 빠진 적이 있었다. 그는 여자 친구와 헤어진 지 2년이 다 되었다.

하지만 그날 오후 정용과 진만은 광역시로 나가지 못했다. 전날 밤부터 내린 폭설로 인해 한 시간에 한 대꼴로 다니던 시외버스가 모두 운행을 중지했기 때문이다. 학기 중엔 스쿨버스가 다니지만 방학 때는 그마저도 다니지 않았다. 정용과 진만은 편의점에서 내놓은 파라솔 플라스틱 의자에 앉아 소복소복 눈이 쌓이고 있는 도로만 바라보았다. 정용은 포기하고 다시 기숙사로 들어갈 마음이었지만, 진만은 생각이 달랐다. 혹시 지나가는 다른 차가 있다면…… 얻어 타고 나갈 수도 있을 거야. 지금 기숙사 가봐야 할 것도 없잖아? 그래서 정용과 진만은 그곳 파라솔에 앉아 컵라면과 삼각김밥으로 저녁을 해결했다. 몸이 오슬오슬 떨려 소주 네 병을 사서 홀짝홀짝 나눠 마시기도 했다. 파라솔 탁자엔 진만이 준비해온 풍년양초 두 개가 놓여 있었다. 진만은 그것을 탁자 위에 켜두었다. 클로즈업으로 촛불 사진을 찍어 인스타그램에 올리기도 했다.

여기서 이러시면 어떡해요?

편의점 아르바이트생이 나와 정용과 진만에게 짜증을 냈다. 파라솔 탁자에는 양초에서 흘러나온 촛농이 점점이 굳어 있었다.

우리 지금 집회하는 거예요.

진만이 맞받아쳤다.

그거 알아요? 어둠은 빛을 이길 수 없다고요!

진만의 목소리는 취기를 이길 수 없어 보였다. 편의점 아르바이트생은 '에휴, 더러운 놈의 알바 인생!' 하면서 다시 점포 안으로 들어갔다.

기숙사로 걸어가는 도중에도 그들은 아무도 만나지 못했

다. 진만은 한 손에 계속 양초를 들고 걸어갔는데, 바람 때문인지 자주 촛불이 꺼졌다. 그 때문에 그들은 종종 걸음을 멈추었다. 어차피 아무도 보지 않을 촛불인데.

대운동장 스쿨버스 정류장을 막 지날 즈음이었다. 진만이 걸음을 멈추고 그 자리에 쪼그려 앉았다. 그러곤 정류장 뒤편 어두운 화단을 향해 손바닥을 내밀며 혀 차는 소리를 냈다.

우쭈쭈쭈쭈.

정용도 화단 쪽을 바라봤다. 왜 그래? 뭐가 있어? 정용이 묻자, 진만이 여전히 취기 섞인 목소리로 말했다. 개가 저쪽으로 들어갔어. 정용은 진만이 가리킨 곳을 바라보았다. 야산으로 이어진 화단은 어둠에 휩싸여 아무것도 보이지 않았다. 하지만 정용은 진만 옆에 쪼그려 앉아 우쭈쭈쭈, 우쭈쭈쭈, 함께 혀 차는 소리를 냈다. 그래, 개라도 한 마리 나왔으면 좋겠다. 정용도 뒤늦게 취기를 느끼고 있었다. 저녁 내내 개고생을 한 기분인데, 무언가, 개라도 만나면 기분이 좀 나아질 것 같았다.

한참을 그렇게 듀엣으로 우쭈쭈쭈, 우쭈쭈쭈, 소리를 내던 그들은 어느 순간, 소리를 멈추었다. 화단에서 무언가 부스럭거리면서 모습을 드러냈기 때문이다.

개가 아니었다.

멧돼지였다!

정용과 진만은 사력을 다해 정류장에서 20여 미터 떨어진 축구부 숙소 건물까지 뛰어갔다. 그곳이 눈에 보이는 가장 가까운 건물이었다. 멧돼지도 사력을 다해 그들을 향해 달려왔는데, 그 옆으로 고양이만 한 새끼 멧돼지 두 마리도 함께 따라오는 것이 보였다. 축구부 숙소 건물은 단층 슬래브였다. 그들은 건물 안으로 뛰어들어 갈 생각이었지만, 이런, 문은 잠겨 있었다. 멧돼지는 순식간에 그들 바로 앞까지 달려왔고, 그들은 반사적으로 마치 두 마리의 나방처럼 벽에 바싹 달라붙었다. 사방을 가득 메운 흰 눈 때문인지, 멧돼지는 더욱더 커 보였고, 더욱더 거무튀튀해 보였다. 그 옆에서 서로의 엉덩이를 건드리면서 놀고 있는 새끼 멧돼지가 부럽다고, 정용은 그 와중에도 잠깐 그런 생각을 했다. 무슨 학교에 학생은 없고, 멧돼지 가족만 있냐……

눈사람처럼 굳은 듯 서 있던 진만이 천천히, 소리 내지 않고, 자기 점퍼 주머니를 뒤적거리기 시작했다. 정용은 입 모양만으로 '뭐 하게?'라고 물었다. 진만은 그 말엔 대꾸하지 않고 주머니에서 라이터와 양초를 꺼내 들었다. 그러곤 말릴 틈도 없이 그것에 불을 붙여 한 손으로 높이 쳐들었다. 멧돼지를 향해 쳐들었다.

아아, 정말 포기하지 않는구나.

정용은 멀거니 촛불을 바라보았다.
멧돼지는 말이 없었다.

물러나지 않았다.

이사

침대에 까는 얇은 담요를 바닥에 펼쳤다. 담요는 거의 정
사각형에 가까웠다. 진만은 그 담요 한가운데 차곡차곡 개킨
티셔츠와 바지 몇 벌, 양말 몇 켤레, 수건 두 장과 속옷 네 장,
대학 1학년 때 엠티 가서 찍은 사진이 들어 있는 액자 하나를
올려놓았다. 그러곤 다시 요의 네 귀퉁이를 가운데로 모아 신
발 끈처럼 단단하게 묶었다. 커다란 북극곰 엉덩이만 한 보따
리 하나가 완성되었다. 이로써 이삿짐은 얼추 다 싼 셈이었
다. 진만은 그 보따리를 다시 어깨에 동여매고 끙, 소리를 내
며 자리에서 일어났다. 그런 진만을 보면서 정용이 툭 한마디
던졌다.

누가 널 보면…… 전쟁 난 줄 알겠다…….

대학 졸업식은 2월 23일이었지만, 정용과 진만은 이틀 전 서둘러 기숙사 짐을 빼기로 했다. 어차피 졸업식엔 참석하지 않기로 했으니까 그편이 더 나아 보였다. 진만과 정용은 졸업 후에도 같은 방에서 살기로 결정했다. 서로 전에 없던 뜨거운 우정이 생겼거나, 함께 공동 창업 같은 것을 모색하기 위해서 그런 것은 아니었다. 그건 순전히 월세 부담 때문이었다. 대학 졸업과 동시에 그들은 대번에 채무자 신세가 되고 말았다. 그냥 조용히 대학만 다녔을 뿐인데도 정용은 800만 원, 진만은 1200만 원 빚이 생겼다.

아니, 우리가 무슨 경마장을 다닌 것도 아니고…….

진만은 혼잣말처럼 그렇게 뇌까린 적이 있었다. 이건 4년 내내 경마장을 냅다 달리다가 은퇴한 '3번 마'한테 이런, 미안하지만 자네 빚이 좀 생겼네, 말하는 거나 똑같은 거잖아. '3번 마'에게는 건초라도 공짜로 주기나 했지, 나는 누가 등 한번 두들겨준 적 없는데…….

진만과 정용은 다행히 인근 광역시 외곽에서 보증금 없는 월세 30만 원짜리 방을 하나 구했다. 원래 모텔을 하다가 폐업한 건물인데, 마침 그곳 반지하방이 벼룩시장에 나와 있는 것을 보고 냉큼 계약한 것이다. 당분간 그곳에 살면서 아르바이트를 하면 학자금 대출금을 얼마간 갚아나갈 수 있지 않을까, 정용과 진만은 그렇게 계산했다. 어쨌든 지금은 그것이 급하니까. 제아무리 경마장에서 여러 차례 우승한 '3번 마'라 할지라도 빚이 있으면 아르바이트를 해야지 어쩔 것인가? 관광지에서 마차라도 끌어야지.

정용도 제 몫의 이삿짐을 들고 일어섰다. 정용은 그나마 낡고 오래된 캐리어가 있어서 한결 짐 싸기가 수월했지만 문제는 컴퓨터였다. 본체와 모니터를 들고 캐리어까지 끌자니 손이 모자랐다. 정용은 진만에게 모니터라도 부탁할까 싶어 힐끔 고개를 돌려보았지만, 그는 이미 두 손에 다른 것을 들고서 있었다.

오쿠 중탕기.

진만의 손엔 그것이 들려 있었다. 본체는 빨갛고, 냄비는 스테인리스 재질로 되어 있는, 전기밥솥보다 조금 큰 오쿠 중탕기. 진만은 그것을 2년 전 중고 거래 사이트에서 10만 원을 주고 구입했다. 맥반석 달걀도 해 먹고, 우유를 넣어 요구르트도 해 먹겠다는 생각으로 구입한 오쿠 중탕기. 실제로 정용은 아르바이트를 끝내고 기숙사 방으로 돌아올 때마다 빨갛게 타이머가 켜진 오쿠 중탕기에서 진만 몰래 맥반석 달걀을 빼 먹기도 했다. 그때마다 기숙사 방이 아닌, 어디 찜질방이라도 들어온 듯한 기분이 들기도 했다. 다른 친구들은 아르바이트해서 컴퓨터를 사거나 휴대폰을 바꾸는데, 진만은 오쿠 중탕기를 샀다. 컴퓨터 사용하듯 오쿠 중탕기의 전원을 켰다.

그거 갖고 가려고?

정용이 진만에게 물었다.

그럼. 갖고 가야지. 내 재산 목록 1호인데.

정용은 할 수 없이 우체국에서 커다란 박스를 구입해 그곳에 컴퓨터 본체와 모니터를 담았다. 두 손으로 박스를 들고 일어섰더니 저절로 다리가 후들후들 떨려왔다. 그래도 가야지, 뭐. 다른 방법은 없었다.

자취방까지 가기 위해선 시외버스를 타고 광역시까지 나간 후, 다시 시내버스로 갈아타야 했다. 그들은 광역시 인근한 중학교 버스 정류장 플라스틱 의자에 앉아 버스를 기다렸다. 겨울의 끝자락, 마지막일지도 모를 한파가 버스 정류장 간판 아래 매달려 있었다. 정용은 컴퓨터가 든 박스를 무릎 아래 내려놓은 채 한껏 몸을 옹송그렸다. 진만은 오쿠 중탕기를 무릎 위에 올려놓은 채 두 손을 겨드랑이 사이에 넣고 연신 비벼댔다. 그게 더 춥다며, 등에 동여맨 이불 보따리는 풀지 않았다. 버스는 좀처럼 오지 않았고, 정류장에는 그들과 지팡이를 짚은 할머니 한 분만이 서 있었다.

이거 좀 먹지 않을래?

진만이 오쿠 중탕기의 뚜껑을 열면서 정용에게 말했다. 중탕기 안 게르마늄 용기에는 갈색으로 변한 달걀 여덟 개가 수

줍은 얼굴로 누워 있었다.

내가 어제 마지막으로 삶은 달걀인데, 아직 따뜻해.

진만은 슬쩍 웃으면서 달걀 하나를 정용에게 내밀었다.

정용은 처음엔 그것을 먹지 않으려고 했다. 아무리 한적한 정류장이라고는 해도, 그래도 좀 창피하다는 생각이 들었기 때문이다. 낡은 캐리어와 커다란 박스, 커다란 이불 보따리를 등에 멘 채 달걀을 먹는다는 게 좀……

하지만 이내 그런 생각을 지웠다. 이제 앞으로 이거보다 더 창피한 일을 많이 당할 텐데……. 정용은 진만을 따라 달걀 껍데기를 깠다. 진만의 말처럼 달걀엔 아직 따뜻한 온기가 남아 있었다.

그렇게 둘이 앉아서 달걀을 여섯 개쯤 까먹었을 때, 정류장 한편에서 힐끔힐끔 그들을 바라보던 할머니가 지팡이를 짚고 가까이 다가왔다. 그러곤 우뚝, 그들 앞에 멈춰 섰다. 정용과 진만은 달걀을 한 손에 든 채 할머니의 눈치를 봤다. 할머니는 아무 말 없이 그들을 내려다보다가 주섬주섬 외투에서 5천 원짜리 지폐 한 장을 꺼냈다. 그러곤 휙 진만의 무릎 위에 놓인 오쿠 중탕기 스테인리스 냄비 안으로 던져 넣었다.

집에들 들어가, 어여.

할머니는 그렇게 말한 후 천천히 택시 정류장 쪽으로 걸어 갔다. 진만과 정용은 오쿠 중탕기 냄비 속에 살포시 놓인 5천 원짜리 지폐를 가만히 내려다보았다.

또 다른 날의 시작이었다.

이토록 무거운 죽

죽도록 무거우니까 죽이 아닐까.

트럭 위로 호박죽과 전복죽이 가득 담긴 들통을 나르면서 정용은 그런 생각을 했다. 된장국을 나르고, 접시 200개가 차곡차곡 쌓여 있는 박스를 옮기고, 플라스틱 원형 테이블을 짐칸에 실을 때까지만 해도 그러지 않았는데, 죽을 나르고 나니 온몸이 흐물흐물 공기 중으로 풀려 흩어지는 것만 같았다. 이제 겨우 아침 8시가 지났을 뿐인데……. 아르바이트 종료 시간은 오후 6시라고 했다.

토요일 아침, 정용과 진만은 출장 뷔페 아르바이트를 뛰기로 했다. 대학 선배의 소개로 나가게 된 아르바이트인데, 일당은 7만 원이었다.

뷔페 알바? 그거 뭐 대충 접시 들고 왔다 갔다 하면 끝나는 거 아닌가?

진만은 별일 아니라는 투로 말했다. 정용 또한 딱 그 정도로만 생각했다. 뭐, 서빙 정도야…….

정용은 그간 몇몇 아르바이트를 경험했었다. 국도 보수공사 현장에서 신호수 아르바이트를 했던 적도 있었고, 남들 다 하는 편의점 야간 아르바이트도 수개월간 한 적이 있었다. 심지어 정용은 구세군 아르바이트를 한 적도 있었는데, 그건 산타 복장을 한 채 지하철역에서 하루 종일 종을 흔드는 일이었다(그 일은 단순했지만 그래서 시간은 더디게 흘렀다. 무엇보다 손목이 너무 아파서 조금 쉬려고만 하면 엄마들이 아이 손에 지폐를 들려 냄비 앞으로 보내는 바람에…… 아이들과 눈이 마주칠 때마다 정용은 다시 열심히 종을 흔들어댔다).

그런 경험 때문에 출장 뷔페 아르바이트를 우습게 여긴 게 사실이었다. 접시도 먹는 사람들이 들고 다니는 거지, 우리야 뭐 음식이 떨어지면 채우는 게 전부일 거야. 정용은 진만에게 그렇게 말을 보탰다. 그러니까 그들은 '출장'이라는 단어를 심각하게 생각하지 않은 게 맞았다. 트럭에 음식과 테이블과 의자를 싣고, 다시 그것을 내리고 배치하고, 식사가 끝나면 다시 원위치로 옮기는 그 모든 과정을 생략한 채, 오직 접시만 생각한 것이었다. 짐을 모두 트럭 위로 나른 후, 다른 아르바이트생들과 함께 승합차에 오르자마자 진만은 정용에게 귓속말로 속삭였다.

이거…… 출장 뷔페가 아니라 이삿짐센터 일 같아…….

출장 뷔페 장소는 광역시 외곽에 있는 한 청소기 부품 생산 공장이었다. 출장 뷔페 업체 부장이기도 한 선배의 말에 따르면, 청소기에 들어가는 호스를 생산하는 공장인데 사장이 직원들을 위해 특별히 마련한 식사 자리라고 했다.

특별한 것도 좋고, 사장님 뜻도 좋은데, 뷔페 장소가 공장 물품 창고 안이라는 것이 문제였다. 정용과 진만은 음식을 내리기도 전에 공장 안 이곳저곳에 흩어져 있는 플라스틱 부품들과 박스를 한쪽으로 치워야만 했다. 그런 다음 다시 죽을 내리고 초밥을 내리고 매실차를 내리고 인절미를 내렸다. 정용은 그것이 이상했다. 출장 뷔페 아르바이트생들이 모두 달라붙어 청소했다고는 해도 먼지와 기름때와 박스가 어지럽게 뒤섞인 물품 창고에서 밥을 먹는다는 것이……. 어쩐지 수상쩍고 찜찜했다. 이 공장은 직원 식당도 없나봐? 정용은 테이블을 나르면서 진만에게 말했다. 진만은 대답하지 않았다. 우물우물, 다른 아르바이트생들 몰래 인절미를 씹고 있었기 때문이다.

　정오가 되자 작업복을 입은 직원들이 하나둘 물품 창고 안으로 들어와 테이블에 앉기 시작했다. 그들 대부분은 사오십 대 여자 직원들이었고, 간간이 외국인노동자들도 눈에 띄었다. 외국인노동자들은 정용과 눈이 마주칠 때마다 황급히 다른 곳으로 고개를 돌렸다. 정용과 진만은 업체에서 내준 나

비넥타이에 조끼까지 갖춰 입고 음식 뒤에 서 있었는데, 어째 영 분위기가 이상하게 돌아간다는 생각을 쉬이 지울 길 없었다. 직원들의 표정이 음식을 앞에 둔 사람의 그것과는 다소 거리가 있었기 때문이었다. 그들은 하나같이 잘못을 저지르고 교무실에 끌려온 중학생 같은 표정으로 앉아 있었다. 그리고 그런 의문은 머리가 희끗희끗한 사장이 맨 앞 테이블에 서서 말을 하기 시작하자마자 비로소 풀리게 되었다.

자, 아무래도 이게 여러분 모두와 함께하는 마지막 식사가 될 거 같아요……

사장은 조금 쉰 목소리로, 띄엄띄엄 직원들의 얼굴을 둘러보다가, 다시 찬찬히 말을 이었다.

버틸 때까지 버티려고 했는데…… 그게 잘 안 됐어요…… 그게 참 여러분한테 미안해요…….

누군가 훌쩍훌쩍 우는 것 같더니, 급기야 이 테이블 저 테이블 직원들이 고개를 숙인 채 울먹거리기 시작했다. 정용은 조금 당황했지만, 티 내지 않고 서 있으려고 노력했다.

내가 이렇게 되고 나니까 제일 마음에 걸렸던 게…… 맨날 식구라고 하면서 밖에서 밥 한번 제대로 못 사 준 게…… 그게 참 마음에 많이 남더라구요……. 그래서 오늘 이렇게 자리를 마련한 거니까…… 눈치 보지 말고, 음식 모자랄까 마음 졸이지 말고 편하게…… 그렇게 밥들 먹었으면 해요…….

사장이 말을 끝냈지만, 아무도 접시를 들고 자리에서 일어나지 않았다. 외국인노동자 한 명이 포크를 바닥에 떨어뜨렸고, 그 소리에 모두의 시선이 그쪽으로 쏠렸다. 정용이 아무렇지도 않은 표정으로 다가가 포크를 바꿔주었다. 그래도 사람들은 쉽게 자리에서 일어나지 않았다.

그날 2시 무렵, 정용과 진만은 남은 음식을 다시 트럭에 실었다. 대부분의 음식이 많이 남았지만, 그중 특히 죽은 거의 손대지 않은 상태였다. 정용과 진만은 함께 들통을 들고 날랐다. 죽은 아침보다 훨씬 더 무거워진 것만 같은 느낌이었다.

왜 아무도 죽에는 손을 안 댔냐…….

진만이 끙끙거리면서 말했다.

너 같으면 이 와중에 죽 먹고 싶겠냐?

정용 또한 숨을 거칠게 몰아쉬면서 말했다.

그나저나 이 사람들 이제 다 뭐 먹고 사냐…….

진만이 그렇게 말하자, 정용이 다시 신경질적인 목소리로
대꾸했다.

너나 나 같은 알바생이 되겠지.

정용은 그렇게 말하면서도, 혹시 일이 일찍 끝나 일당을 적
게 주는 것은 아닌지, 계속 그것이 걱정되었다.

이 아버지를 보라

네 아버지가 점점 개가 돼가는 거 같다.

지난달 중순 무렵, 정용의 어머니는 전화를 걸어와 대뜸 그렇게 말했다.

왜요? 또 두 분이 다투셨어요?

정용이 묻자, 어머니가 한숨을 내쉬면서 대답했다.

싸우긴 뭘…… 말 상대가 돼야 싸우기라도 하지……. 이건 그냥 개라니까, 개.

원체 입이 건 어머니이긴 하지만, 사실 정용 또한 아버지를 볼 적마다 속으로 가끔 그런 생각을 할 때가 있었다. 선인장이나 화초, 밑동이 단단한 나무처럼 좋은 것들 대신 자꾸 개가 떠올랐다. 아버지가 58년 개띠라서 그런가? 하지만 정용의 아버지는 여타 다른 아버지들처럼 인간과 개의 아슬아슬한 경계선상까지 술을 마시는 사람도 아니었다. 정용은 동네의 몇몇 그런 아버지들을 알고 있었다. 술만 마시면 '그냥 개'가 되어버리는 아버지들, 온 동네를 돌아다니면서 오줌으로 자신의 영역을 표시하고 고래고래 고함을 지르거나 전봇대와 어깨동무를 하려고 애쓰다가(바로 자신이 오줌을 갈긴 그 전봇대), 그냥 그 아래 드러누워 잠드는 아버지들 말이다. 그런 아버지들에 비하면 정용의 아버지는 술도 마시지 않았고, 말수도 적었으며, 외출도 잘 하지 않는 사람이었다. 그저 하루 대부분을 거실 작은 소파에 앉아 오랫동안 신문을 보거나 빨래를 개키거나 발톱을 깎으면서 보내는 아버지. 그런데도 아버지를 생각하기만 하면 자동 알람 설정이 된 시계처럼 개가 떠올랐다. 더 자세히 말해 눈곱이 자주 끼는 늙은 시주 한 마리가.

마침 자취방에 있는 겨울옷과 이불을 옮겨놓을 겸, 정용은 근 넉 달 만에 부모님 집을 찾았다. 부모님 집은 충청북도 청주 외곽에 위치한 오래된 연립주택이었는데, 방이 두 칸에 거실과 주방, 욕실로 이루어진 구조였다. 방문은 모두 미닫이로 되어 있고, 웃풍이 심해 겨울이면 거실 유리창에 하우스용 비닐을 치는 집이었다. 그 집 거실에 아버지가 가만히 웅크리고 앉아 콩나물을 다듬고 있었다. 정용의 아버지는 제약 회사 영업부에서 20년 가까이 일했고, 이후 치킨집을 열었다가 한 번, 배달 전문 족발집을 개업했다가 또 한 번, 크게 넘어진 적 있었다. 그리고 그 후론 아무런 일도 하지 않은 채 집 안에만 머물렀다. 대신 정용의 어머니가 24시간 감자탕집 야간 주방 일을 시작했다. 정용 어머니의 입이 걸어진 것도 그때부터였다.

왜 불도 안 켜고 그러고 계세요?

정용이 이불 보따리를 내려놓으며 말을 걸자, 그의 아버지가 힐끔 한 번 쳐다보았다. 그러곤 다시 콩나물이 담긴 소쿠리 쪽으로 시선을 옮겼다.

눈이 다듬는 건가 뭐. 손이 하는 거지.

넉 달 만이긴 했지만, 정용의 아버지는 그새 더 늙어버린 것만 같았다. 짙어진 회색 머리칼이 그랬고, 조금 부풀어 오른 듯한 눈두덩이 그랬다. 정용은 그러지 않으려고 했는데 또다시 어머니의 말을 떠올렸다. 개가 되어가는 아버지……. 늙은 시추……. 정용은 예전 15년도 더 산 시추 한 마리를 본 적이 있었다. 그가 아르바이트하던 쌈밥집 주인 할머니가 키우던 개였는데, 치매와 관절염을 동시에 앓고 있었다. 쌈밥집 영업을 시작할 때 소파 위에 올려놓으면 거기 하루 종일 가만히 웅크리고 앉아 있던 개. 주인 할머니가 부를 때만 살짝살짝 고개를 들던 개. 그 시추는 정용이 아르바이트를 시작한 지 두 달만에 소파 위에서 조용히 죽고 말았다. 주인 할머니가 아무리 불러도 고개를 들지 않았던 것이다. 그 시추를 떠올리자 정용은 조금 겁이 나기도 했다. 아버지는 말없이 계속 콩나물만 다듬고 있었다. 불러도 고개를 들지 않을 것만 같았다.

하지만 정말 심각한 것은 그게 아니었다. 밤이 되고 잠자리에 들려고 했을 때, 정용은 아버지의 이상한 행동을 보게 되었다. 아버지는 안방에 있던 담요와 요를 꺼내와 욕실 문 바로 앞에 주섬주섬 폈다. 그러곤 거기에 웅크리고 누웠다. 욕실 문 앞은 현관문과 마주 보고 있어서 웃풍이 심한 곳이었다. 어른 한 명이 겨우 지나다닐 만큼 폭도 좁았다. 그런 곳에 아버지가 다리도 제대로 뻗지 못한 자세로, 그러니까 마치 개처럼, 누운 것이었다.

정말 그렇게 있는 주책 없는 주책 다 부릴 거야!

오랜만에 아들이 왔다고 식당에 나가지 않은 그의 어머니가 소리쳤다. 정용의 아버지는 말없이 욕실 문 쪽으로 모로 누웠다.

안방에서 자기 싫으면 정용이랑 자라고! 자꾸 걸리적거리게 거기 눕지 말고!

정용은 아버지의 머리맡에 이러지도 저러지도 못한 채 서 있었다. 화장실을 가고 싶었지만, 그러려면 아버지의 몸을 타 넘어가야만 했다.

그의 어머니는 소리 나게 방문을 닫고 들어갔다. 아버지는 계속 눈을 감은 채 누워 있기만 했다. 그러곤 이내 머리 위로 이불을 뒤집어썼다.

아버지…….

정용은 아버지의 어깨 근처에 한쪽 무릎을 세우고 앉았다.

아버지, 왜 여기서 이렇게 웅크리고 주무시는 거예요? 제 방에서 주무셔도 되잖아요?

4월이었지만 아직 밤공기는 차가웠다. 욕실 문 앞 바닥은 보일러도 제대로 들어오지 않는 곳이었다.

어머니도…… 힘들어서 저러시는 거잖아요. 아버지 대신 어머니가 계속…….

정용은 말을 제대로 맺지 못했다. 저도 이렇게 계속 아르바이트만 하고 있잖아요? 정용은 그 말도 하고 싶었다.

다 네 어머니 때문에 이러는 거야…….

그의 아버지가 이불 아래에서 작은 목소리로 말했다. 정용은 이불 쪽으로 고개를 조금 더 숙였다.

나…… 이게, 그러니까 이게…… 자꾸 샌다.

정용의 아버지는 잠깐 침묵을 지키다가 다시 웅얼거리는 목소리로 말했다.

집에서 키우는 개도 오줌을 가리는데…… 난, 이제 이게 막…….

정용은 아무 말도 하지 못한 채 아버지의 굽은 등의 윤곽을 가만히 바라보았다.

아버지는 개가 아닌, 다른 무언가가 되어가고 있는 중인 것 같았다.

빠져든다

진만의 할아버지는 올해 일흔여덟인데, 이분의 특기는 '사기를 당하는 것'이었고, 취미는 '사기꾼과 사귀는 것'이었다. 이건 진만이 한 말은 아니고, 진만의 아버지가 술만 취하면 내뱉는 혼잣말이었다. 그의 아버지는 스무 살 이후 매번 그 사기의 뒷감당을 해야만 했다.

진만이 목격한 일도 몇 번 있었다. 첫 번째는 그가 초등학교에 입학했을 무렵 일어났는데, 당시 전국을 떠들썩하게 만들었던 '휴거' 소동에, 그 열혈 신도 중 한 명으로, 그의 할아버지가 깊숙이 빠져든 것이었다. 그때 진만의 아버지는 막 이

혼하고 전국 아파트 공사 현장을 떠돌고 있었다. 그래서 진만은 안양 다세대주택 2층에서 그의 할아버지와 단둘이 살아야만 했다. 어렴풋이 떠오르는 기억 속 할아버지는 매일 저녁 상가 건물 꼭대기 층에 자리 잡은 작은 예배당에 찾아가 무릎을 꿇고 거의 혼절하기 직전까지 '주님'을 외치는 사람이었다. 주님을 외치는 것도 좋고 천국이 가까워진 것도 좋은데, 그의 할아버지는 하필 꼭 손자인 진만을 데리고 예배당에 찾아가곤 했다. 친구들은 모두 받아쓰기 시험공부에 몰두하고 있을 때, 진만은 '이제 곧 심판의 불벼락이 내릴 것이다' '세상 권세 다 무너지고 말 것이다' 같은 무시무시한 말들만 멀뚱멀뚱 듣고 있어야만 했다. 후에, 진만은 할아버지에게 왜 그때 나도 거기에 데리고 갔냐고, 지나가는 말처럼 물은 적이 있었다. 그때 할아버지는 이렇게 대답했다.

우리 손자랑 같이 천국 가려고 그랬지. 이산가족 될까 봐…….

그해, 휴거는 오지 않았고, 남은 것은 반년 넘게 진만의 아버지가 보내온 월세를 몽땅 헌금으로 바쳤다는 사실, 진만의 받아쓰기 시험 점수가 늘 20점, 10점, 30점 근처에서 무너져 내려 선생님의 심판의 불벼락(틀린 개수만큼 열 번씩 써오기)을 받았다는 사실, 그것이 전부였다. 진만은 중고등학교 시절 공부에 흥미를 잃고 수업 시간마다 '멍 때리기'를 반복했는데, 그게 다 자신의 기초학력이 부족하기 때문이라고 생각했다. 차라리 그때 휴거가 왔으면 어땠을까, 천국에 가도 영어를 해야 했을까, 쓸데없는 상상을 하기도 했다.

　물품 판매 사기단에 빠져 가시오가피즙을 300만 원 넘게 구입한 적도 있었다. 그건 진만이 고등학교에 다닐 때의 일이었는데, 폐업한 예식장 건물에 새로 무슨 문화 홍보업체가 들어왔다고, 할아버지가 매일 출근하다시피 그곳에 나갔다. 거기 가면 노래도 부르고, 마술도 보고, 간식도 주고, 휴지도 주고, 할머니들도 많다고, 할아버지는 무슨 비밀 이야기를 하듯 진만에게 말하곤 했다. 할아버지가 새장가를 가려고 하시나, 생각하고 말았는데, 집에 들어온 건 새 할머니 대신 물품 구입 할부 청구서였다. 나중에 사태의 전말을 알게 된 진만의 아버지 말에 따르면, 거기 나오는 할아버지 할머니들 중 가장 통 크게 물품을 구입한 게 바로 진만의 할아버지라고 했다. 그때도 할아버지는 이렇게 중얼거렸다.

내가 그래도 36개월 할부하라는 걸 우겨서 48개월로 한 거야…….

네. 그래서 48개월 이자가 붙었구요.

할아버지는 말이 없었다.

그 이후에도 자잘한 사기를 당하긴 했지만, 진만이 대학에 가고 입대와 제대를 하는 사이, 차츰차츰 그 횟수는 줄어들었다. 진만의 아버지가 건설 현장에서 은퇴해 할아버지와 함께 살게 되면서부터 감시와 통제가 더 심해진 탓도 있었지만, 이젠 더 이상 사기꾼들도 접근하지 않을 만큼 할아버지는 늙어버린 것이었다. 어쩌다 한번 안양 집에 들르면 아파트 경비일을 하는 아버지와 하루 종일 TV만 바라보고 있는 할아버지가 함께 저녁을 먹는 쓸쓸한 모습을 목격하곤 했다. 아무도 할아버지를 찾는 사람은 없었다.

그러던 지난달부터 진만의 아버지가 계속 전화를 해서 안양에 한번 다녀가면 안 되겠냐고, 재촉 아닌 재촉을 해왔다. 다름 아닌 할아버지 때문이었다.

네 할아버지가 자꾸 대한문에 나가신다.

말인즉슨 작년 겨울부터 할아버지가 태극기를 들고 대한문 앞과 헌법재판소 앞, 집에서 거의 두 시간도 넘게 걸리는 삼성동까지, 하루도 빠짐없이 나간다는 것이다. 한겨울 찬바람 때문에 몸살이 들고 오한이 왔는데도, 마치 무슨 고행을 하는 신도처럼 자기 몸 챙기지 않고 새벽부터 지하철을 탄다는 것이었다.

그래도 할아버지가 너라면 끔찍하게 여기시잖냐? 너, 그거 아냐? 네 할아버지 요새 카톡도 한다. 집에 돌아오면 매일 그것만 붙들고 계셔.

진만은 한번 올라가겠다고 말만 했을 뿐, 매번 그 약속을 지키지 못했다. 전화라도 한번 할까, 했지만 그저 생각뿐이었다.

먼저 전화를 걸어온 것은 그의 할아버지였다. 투표일 아침이었다.

진만아 너 투표 잘해야 한다. 젊은 객기로 아무나 찍으면 안 되는 거야.

진만은 무슨 말인가 하려 했지만, 잠자코 할아버지의 말을 듣기만 했다. 어린 시절, 그를 등에 업고 예배당에 다니던 할아버지가 떠올랐기 때문이다.

할아버지는 벌써 투표하신 거예요?

그럼, 우리 동네에서 내가 두 번째로 일찍 했다. 내가 이번에 억울하게 쫓겨난 우리 대통령님을 구할 심정으로 눈 딱 감고 될 사람 밀어주기로 했다.

진만은 살짝 아랫입술을 깨물었다. 진만은 그 사람을 찍을 마음이 없었다.

내가 기표소에 들어가자마자 이름도 보지 않고 댓바람에 1번 찍고 나왔다.

1번요……?

그럼! 우린 무조건 1번이지. 우린 배신하지 않아.

할아버지는 단호한 목소리로 말했다. 진만은 잠깐 기호

1번 후보의 이름을 생각했다. 1번은 민주당인데……. 진만은
조만간 안양에 한번 들를 결심을 했다. 할아버지는 지금 외로
운 거다. 말을 붙여주는 사람이 없는 거다. 진만은 말없이 할
아버지의 말만 듣고 서 있었다.

옆방 남자 최철곤

벽은 얇고 소리를 막아내지 못했다.

나는 왜 늘 그런 벽 뒤에서만 살았을까? 정용은 가만히 그런 생각을 해보았다. 바람보다 소리가 먼저 도착하는 방, 소리만으로도 한기가 느껴지는 집, 벽을 만나면 더 커지는 소리들⋯⋯. 진만과 함께 구한 광역시 반지하 자취방 역시 그랬다. 밤마다 웅웅웅 어디선가 보일러 돌아가는 소리가 들리고, 옆방 남자의 코 고는 소리와 위층 사람의 화장실 물 내리는 소리, 심지어는 누군가의 이 가는 소리까지. 소리는 어두워질수록 더 커졌고, 더 깊어졌다. 정용은 그게 다 가난한 벽 때문이라고 생각했다. 가운데가 텅텅 빈, 합판으로 세운 벽……. 그런 벽 뒤에서 살다 보면 언젠가는 자신의 몸에서도 텅텅, 공기 울리는 소리가 날 것만 같았다.

벽으로 인해 뜻하지 않게 그들은 옆방에 사는 남자의 이름이 최철곤이라는 사실도 알게 되었다. 어디 이름뿐인가? 진만과 정용은 옆방 사는 남자가 아침 몇 시에 출근했다가 몇시에 퇴근하는지, 퇴근한 직후 가장 먼저 무엇을 하는지(그는 가장 먼저 양말을 빨았다), 저녁을 먹고 잠들기 전까지는 주로 무엇을 하는지, 저절로 알게 되었다.

그는 특히 프로야구 한화 이글스의 광팬이었는데, 평일과 주말 저녁엔 항상 TV를 크게 틀어놓고 중계방송을 시청했다. 덕분에 진만과 정용 역시 늘 한화 야구와 함께 저녁을 맞이해야만 했다(그들 방엔 TV가 없었다). 옆방 남자는 한화가 이기는 날엔 일찍 잠들었지만, 지는 날엔 늘 한두 시간씩 혼자 소주를 마셨고, 그러면서 어디론가 계속 전화를 걸었다. 문제는 한화가 이기는 날보다 지는 날이 훨씬 더 많았다는 데 있었다

(진만과 정용은 원래 두산 팬이었는데, 이사 온 지 두 달 만에 한화 팬이 되고 말았다. 제발 이겨라. 제발 좀 이겨라. 간절히 염원하는 팬).

그는 주로 초등학교에 다니는 딸과 통화했고, 그때마다 목소리는 하이 톤으로 올라갔다.

"어, 우리 딸! 아빠야. 자고 있었니? 아니야, 아니야. 아빠가 오늘은 아주 조금만 마셨어. 아빠 회사 친구들이 계속 붙잡는 바람에……. 응응. 그래, 그래. 아빠가 내일부턴 진짜 안 마실게."

진만과 정용은 자취방에 있을 때 주로 스마트폰으로 아르바이트 자리를 알아보거나 유튜브에 올라온 게임 동영상을 봤는데, 옆방 남자가 통화를 시작하면 누가 먼저라 할 것 없이 조용히 볼륨을 줄였다. 그들은 원룸 복도와 계단에서 몇 번 옆방 남자와 마주친 적도 있었다. 그는 귀밑머리가 희끗희끗한 사십대 중반의 남자였는데, 키도 작고 어깨도 좁았다. 손에는 항상 공구 가방을 들고 있었고, 등산화처럼 생긴 갈색 작업화를 신고 있었다. 그들은 그와 마주칠 때마다 조용히 몸을 비켜 지나쳤다. 그의 목소리는 언제나 벽을 통해서 듣는 것이 전부였다.

"그럼, 그럼. 다음 달에 아빠가 꼭 대전 올라가서 우리 딸하고 야구장 같이 갈게. 엄마? 아니, 아니…… 엄마 바꾸진 말고……."

옆방 남자는 통화를 마치기 전에 꼭 딸에게 문제를 냈다.

"그건 그렇고, 우리 딸! 아빠가 오늘도 문제 내야지. 물리치료가 왜 물리치료일까?"

진만은 어땠는지 몰라도, 정용은 그때마다 속으로 제발 그러지 마요, 아저씨, 웅얼거렸다. 아무리 초등학생 딸이라도…… 그러면 아빠 싫어해요……. 말해주고 싶은 심정이었다.

"그건 말이지…… 병을 물리치려구!"

아이 씨…… 왜 그러는 것인지, 진만까지 한 손으로 입을 가린 채 크큭큭, 웃는 모습이 보였다.

그러던 지난주 금요일 저녁엔 또 한화가 역전패를 당했고, 남자는 달그락달그락 소리를 내며 소주잔을 꺼냈다. 이제 곧 또 딸과 통화를 하겠거니, 생각했는데 그 뒤로도 계속 남자의 목소리는 들려오지 않았다. 그저 일정하게 탁탁, 밥상에 소주잔을 내려놓는 소리만 들려왔다. 그러자니 괜스레 더 신경이 쓰인 쪽은 정용과 진만이었다. 진만은 아예 벽 쪽으로 다가가 한쪽 귀를 바싹 갖다 댔다. 정용을 바라보며 무언극을 하듯 어깨를 으쓱 들어보이기도 했다.

그렇게 얼마나 지났을까? 이윽고 옆방에서 다른 소리가 새어 나오기 시작했다. 그것은 누군가 속으로 흐느끼는 소리였다. 무언가로 입을 틀어막은 채, 끅끅 토해내는 울음소리. 그 울음소리가 진동처럼, 파장처럼, 벽을 타고 넘어왔다. 정용은 그 소리를 듣고도 일부러 모른 척했다. 그 소리를 듣지 못한 것처럼 계속 휴대폰을 바라보았다. 하지만 그러면서도 계속 남자에 대해서 상상했다. 어쩌면 남자는 오늘 아내에게서 전화를 받았을지도 모른다, 자꾸 딸한테 전화하지 말라는 부탁을 받았을지도 모른다, 그도 아니면 오늘 직장에서 해고 통지를 받은 것인지도 모른다……. 그렇다 하더라도 남자는 남자이고, 나는 나일 뿐. 벽이 벽인 것처럼……. 정용은 그런 생각을 하면서 계속 벽을 외면했다.

똑똑똑.

하지만 진만은 정용과 생각이 조금 달랐던 모양이었다. 그
는 마치 노크라도 하듯 옆방 벽을 두들겼다.

"아저씨…… 울어요?"

진만의 말 때문인지 옆방에선 급하게 흐느낌이 멈추고, 대
신 콧물 훌쩍거리는 소리가 들려왔다.

"울지 마요, 아저씨…… 한화도 언젠가 이기겠죠……."

옆방에선 아무런 목소리도 들려오지 않았다. 정용은 진만
을 말리고 싶었으나, 또 한편 그냥 내버려두고 싶은 마음도
들었다.

"아저씨…… 울지 마시고요……. 소가 왜 목장에 갔는지
아세요?"

"……."

"모르시죠?"

진만이 한 번 더 묻자, 잠시 후 남자의 작은 목소리가, 그러나 여전히 물기 묻은 목소리가 벽을 넘어 들려왔다.

"소보로……."

정용은 그제야 울고 싶은 심정이 되었다.

휴게소 해후

"정용이……? 너, 정용이 맞지?"

그녀가 얼굴을 좀 더 앞쪽으로 내밀면서 물었다. 정용은 어떡하든 눈을 마주치지 않으려고 최대한 고개를 숙여보았지만, 더는 피하긴 어려워 보였다. 손님들이 계속해서 몰려들고 있었다.

"왜 그래? 아는 사람이야?"

그녀 주위로 중년 여자 두 명이 다가와 참견했다. 그녀는 그들을 이모라고 불렀다.

"응. 대학 동기를 여기서 만나네."

"그래? 그럼 특별히 큰 놈으로 주시겠네. 호호호."

똑같은 선글라스를 쓴 중년 여자들은 뭐가 그렇게 좋은지 큰 소리로 웃었다. 정용은 그 앞에서 정말이지…… 오징어가 될 것만 같았다. 그녀는 말없이 정용을 바라보며 서 있었다. 오징어는 타닥, 소리를 내며 동그랗게 제 몸을 말기 시작했다.

*

단군 이래 최장 연휴라더니 그만큼 아르바이트 자리도 많았다. 인터넷 아르바이트 사이트에는 마트 판매원에서부터 택배 배송 기사, 청과물 상하차 아르바이트, 심지어는 송편 포장 아르바이트까지 그야말로 일자리가 알밤처럼 쏟아졌다. 정용과 진만은 그중 고속도로휴게소 판매 아르바이트를 골랐다.

"딱 이거네. 시급 만 원!"

진만이 고른 고속도로휴게소는 서해안고속도로 목포 방향 고창 고인돌휴게소였다.

"여긴 내가 몇 번 가봤는데 차도 별로 안 밀리는 곳이야. 완전 꿀알바라는 뜻이지."

"한데 시급을 왜 이렇게나 많이 주지?"

정용이 같은 모니터를 바라보며 갸우뚱거렸다.

"그건 뭐……. 명절이니까 다 같이 잘 먹고 잘살자는 뜻이겠지."

진만은 그렇게 짐작했지만, 그런 건 〈반지의 제왕〉 속 호빗 마을에나 있을 법한 일이라는 것을 그들은 근무 첫날부터 깨닫고 말았다. 직원 전용 미니버스를 한 시간 가까이 타고 도착한 휴게소는 잠시도 쉴 틈이 없었다. 사람들이, 자동차가, 관광버스가, 단군 할아버지 수염처럼 길게 꼬리를 물고 휴게소 안으로 밀려들어왔다. 애초 진만과 정용은 둘이 함께 맥반석 오징어구이 코너에 배치되었지만, 델리만쥬 코너 아르바이트생이 잠적하는 바람에 진만은 그쪽으로 자리를 옮겨야만 했다. 델리만쥬 코너는 그래도 의자에 앉을 수 있었지만, 맥반석 오징어 코너는 그렇지 못했다. 양손에 기다란 집게를 든 채 계속 일어서서 오징어가 타지 않게, 너무 말리지 않게 뒤집어주고 펴주어야 했다. 사람들의 줄이 길게 늘어서면 정용은 집게를 치우고 목장갑 세 장을 겹쳐 낀 손으로 오징어를 구웠다. 그래도 뜨겁지 않았다.

"너희들 휴게소에서 제일 긴장해야 할 때가 언제인지 알아?"

휴게소 2층에 있는 직원 식당에서 밥을 먹고 있을 때, 최주임이라는 사람이 말을 걸었다.

진만과 정용이 멀뚱멀뚱 말없이 바라보자, 그가 거드름을 피우며 말했다.

"관광버스. 관광버스가 들어올 때만 조심하면 돼."

진만이 예의상 그건 왜 그렇죠, 물으니 바로 이런 답이 돌아왔다.

"거기 있는 사람들은 대부분 취해 있거든. 여기가 휴게소인지, 산 정상인지, 헷갈리는 사람들이 많아."

실제로 정용은 연휴 셋째 날엔가, 관광버스에서 내린 술 취한 할아버지 한 분한테 말도 안 되는 호통을 듣기도 했다. 정용의 오징어 코너 옆에 한참 동안 뒷짐을 진 채 서 있던 할아버지는 손가락질까지 해대며 소리를 질렀다.

"야, 이놈아! 너, 이거 맥반석 아니고 고인돌이지! 이놈아,

천벌을 받아! 어디 오징어를 구울 데가 없어서 고인돌에다가 구위!"

아이 씨…… 정용은 그때는 정말이지 울고 싶은 심정이 되어버렸다. 할아버지, 저 추석인데 지금 여기서 하루 아홉 시간씩 꼬박 서서 오징어만 굽고 있거든요. 어떤 아주머니들은 오징어를 구워주면 오징어가 작아졌다고, 바꿔치기한 거 아니냐고 따지기도 해요. 근데 제가 무슨 티라노사우루스입니까? 제가 왜 고인돌에다가 오징어를 구워요? 정용은 그렇게 말하고 싶었지만, 그냥 묵묵히 오징어만 구웠다. 할아버지가 호통을 치든 말든 사람들은 계속 그 앞에 줄을 섰기 때문이다.

그런 나날 중에 대학 시절 첫사랑까지 만난 것이었다. 주위에 고인돌이 있으면 그 아래라도 들어가고 싶었던 것이 정용의 솔직한 속마음이있다.

*

밤 10시, 다시 광역시로 나가는 퇴근 미니버스에 탔을 때, 진만이 물었다.

"아까 걔…… 선아 맞지? 너랑 잠깐 사귀었던 황선아."

정용은 말없이 눈을 감은 채 의자 등받이에 머리를 기댔다. 진만에게선 바닐라 향이 났다. 정용 자신에게선 오징어 냄새가 났다. 정용은 오징어처럼 둥글게 몸이 말리는 것 같았다.

"걔, 많이 이뻐졌더라. 아까 보니까 둘이 무슨 말도 하는 거 같던데. 걔가 뭐래?"

반숙으로 구워달라고 하더라. 이게 무슨 맥반석 달걀도 아니고…….

한데도 정용은 그녀에게 "어, 그래"라고 짧게 대답했다. 정용은 그 얘기를 진만에겐 하지 않았다. 5년 만에 만난 옛 연인 사이의 대화치곤 어딘지 어색했기 때문이었다. 앞으로 그녀를 만날 기회가 또 올지 모르겠지만, 그때까지 그녀는 옛 애인을 떠올리면 오징어부터 먼저 생각나겠지. 반숙 오징어. 그 생각이 정용을 우울하게 만들었다.

"저기 아까 최 주임이 그러는데, 연휴 끝나고도 계속 일하려면 미리 말해달라고 하더라. 난, 이거 괜찮은데. 델리만쥬.
약간 프랑스 느낌 나지 않니?"

"너나 해."

정용은 짧게 말하고 고개를 반대편으로 돌렸다. 미니버스
창문 밖으로 추석을 막 보낸 보름달이 쓸쓸하게 떠 있었다.
단군 이래 최장 연휴가 끝나가고 있었다.

설명하기 어려운 마음

진만이 앓아누운 것은 지난주 목요일의 일이었다.

휴게소 아르바이트 출근 시간이 다 되도록 자리에서 일어
나지 않는 진만을 툭툭 건드려 보니, 얼굴이 벌겋게 달아올라
있었다. 어깨까지 벌벌 떨면서 애벌레 모양으로 제 몸에 이불
을 감았다.

"너무 추워. 보일러 좀 올리면 안 될까?"

11월이었지만, 낮에는 아직도 20도까지 기온이 올라갔다.
정용은 반팔 차림으로 멀거니 진만을 내려다보았다. 감기 걸
렸나보네. 알바 또 잘리겠군. 정용은 속으로 그렇게 생각하면

서 보일러 전원을 켰다. 그러곤 그길로 나가 곧장 피시방으로 향했다. 아르바이트 자리를 검색해볼 마음이었지만, 거의 아홉 시간 가까이 오버워치만 하다가 자취방으로 돌아왔다. 진만은 그때까지도 계속 이불을 친친 감은 채 누워 있었다. 옆머리가 땀에 흠뻑 젖어 있었지만, 정용은 힐끔 고개를 돌려 바라보았을 뿐 별다른 말은 걸지 않았다. 대신 오랫동안 보일러 컨트롤러를 쳐다보았다. 실내 온도는 28도를 넘어서고 있었다.

다음 날에도 진만은 일어나지 못했다. 정용은 라면을 끓여 진만 앞으로 가져갔다.

"이거 좀 먹고…… 증상을 말해봐. 약국이라도 갔다 올 테니까."

그제야 진만은 끙, 앓는 소리를 내며 이부자리 위에 책상다리를 하고 앉았다. 시큼한 땀 냄새가 났지만, 잠을 푹 자서 그런지 피부는 좋아 보였다.

"목도 좀 아프고 근육통도 있고, 몸살이지, 뭐……."

진만은 냄비 뚜껑에 라면을 덜어 천천히 먹었다.

"어제 너 나가고 없을 때, 아파 죽을 거 같았는데 누가 막 방문을 두들기는 거야. 신경 안 쓰고 계속 누워 있었는데 생각해보니까 너 같은 거야. 네가 열쇠를 안 갖고 나갔나? 그래서 몸을 질질 끌며 겨우 문을 열어주었는데…."

정용은 묵묵히 라면을 덜어 먹었다. 이거 옮는 거 아닌가, 잠깐 그런 생각을 하기도 했다.

"웬 아주머니 한 명이 서 있는 거야. 나를 보고 씨익 웃더니 교회 주보를 내밀면서 예수님 믿고 천국 가라고 하더라."

"그래서 뭐라고 했는데?"

"아주머니 저 추워요, 그랬지……. 그러니까 흠칫 놀라더니 뒤도 돌아보지 않고 가더라고."

정용은 진만이 라면을 다 먹을 때까지 기다려주었다. 물도 떠다 주고 설거지까지 혼자 다 했다. 피시방에 나갔다가 돌아올 땐 약국에 들러 종합 감기약을 샀다. 그리고 죽집 앞을 지나다가 소고기야채죽도 하나 샀다. 자취방에 돌아와보니 진만은 이불을 뒤집어쓴 채 컴퓨터로 축구 중계를 보고 있었다. 정용이 죽을 내밀자, 뭐 이런 걸…… 하면서 바닥까지 득득

긁으며 깨끗이 비웠다. 정용은 빈 용기를 보고 어쩐지 좀 억울하다는 마음이 들었지만, 내색하지는 않았다. 진만은 밤늦게까지 축구 중계를 봤다.

다음 날 아침 일찍, 정용은 진만을 거의 부축하다시피 해서 택시를 타고 인근 종합병원으로 갔다. 새벽 무렵부터 진만이 계속 구토를 하고 정신을 제대로 차리지 못했기 때문이다. 열도 다시 펄펄 끓고, 눈도 제대로 뜨지 못했다. 응급실이라도 가야 할까, 고민했지만 그 정도까지는 또 아니란 생각이 들었다. 내가 사 온 죽이 잘못된 것일까? 밤에 자다 깨서 보일러를 끈 게 문제였던 것일까? 정용은 진만의 옷을 대충 챙겨 입히면서 알 수 없는 죄책감마저 느꼈다. 아이 씨, 이래서 혼자 살아야 하는 건데…….

병원에 도착해서 진만은 체온을 재고 의사의 진료를 받고 난 후, 곧장 외래 채혈실 앞으로 이동했다. 염증 수치 검사를 위한 것이었는데, 대기 환자가 제법 많았다. 정용과 진만은 외래 채혈실 앞 기다란 의자에 나란히 앉아 대기 순번을 기다렸다. 의자에 앉아서도 진만은 계속 힘이 빠지는지 정용의 어깨에 얼굴을 기댔다.

"무슨 큰 병이 아닐까?"

진만이 맥없는 목소리로 말했다.

"뭐 큰일 아닐 거야. 병원이라는 게 다 겁주고 그러잖아."

정용은 계속 정면을 바라보면서 말했다. 젊은 남자 둘이서 어깨를 내어주고 앉아 있는 모습이, 스스로 생각하기에도 어색해 보였다. 복도를 지나가는 간호사와 환자들이 힐끔힐끔 진만과 정용을 쳐다보았다. 앞 의자에 앉은 머리가 짧은 중년 남자는 팔짱을 낀 채 노골적으로 그들을 노려보았다.

"아니야, 아니야. 내가 대학 다닐 때부터 막 밤새우고 오후에 일어나고 그랬잖아. 술도 많이 마시고 식사도 제때 안 하고."

진만은 그렇게 울먹거리면서 말하다가 급기야 정용의 가슴에 이마를 묻고 본격적으로 울기 시작했다. 아, 이걸 어쩌나. 네가 대학 때 밤새 게임한 것도 좋고, 술 많이 마신 것도

64

좋은데, 그런데 이 얼굴 좀 치워주면 안 되겠니. 그렇게 말해
야 하나? 아침부터 젊은 남자 두 명이 병원에 붙어 앉아서 이
러고 있으면 사람들이 오해하잖니. 정용은 아예 시선을 천장
에 두었다. 진만이 얼굴을 묻고 있는 왼쪽 가슴은 이미 축축
하게 변해버렸다.

그날 진만은 채혈을 한 후, 화장실에서 소변을 받아 오라는
간호사의 말을 고분고분 따랐다. 칸막이 화장실까지 진만을
따라 들어간 정용은(진만이 그것을 원했다), 진만이 소변을 받을
동안 내내 뒤에서 부축해주어야만 했다. 아이 씨, 혼자 살고
싶다. 정용은 그 생각뿐이었다. 이러다간 나도 병에 걸리고
말지.

진만의 병명은 '급성장염'이었다. 병원에서 타온 약을 먹은
지 사흘 만에 진만은 다시 예전 모습 그대로 돌아왔다. 하지
만 정용은 그렇지 않았다. 진만이 말을 걸어도 침묵하기 일쑤
였고, 라면도 같이 먹으려고 하지 않았다. 진만은 그 이유를

알 수 없었지만, 정용은 끝끝내 말하지 않았다. 어떻게 설명해야 할지, 자신도 알 수 없었기 때문이다.

첫눈

　토요일 밤 9시 무렵, 예고도 없이 진만과 정용이 세 들어 사는 건물 전체에 전기가 나가버렸다. 무언가 퍽, 터지는 소리가 복도에서 들리는가 싶더니 그것으로 끝이었다. 형광등도, 컴퓨터도, 보일러도, 서로 합을 맞춘 노련한 배우들처럼 일순 정지 상태가 되어버렸다. 그리고 이어진 정적. 그 정적 때문에 정용은 평상시 그것들이 얼마나 많은 소음을 냈는지 비로소 알게 되었다. 옆방 남자 최철곤 씨가 끙, 하면서 돌아눕는 소리가 마치 메아리처럼 길게 어둠 속에서 울렸다.

　정용과 진만은 휴대폰 손전등 기능을 이용해 신발을 신고 밖으로 나왔다. 건물 출입문 앞에는 이미 서너 명의 건물 입주민들이 나와 환하게 불을 밝힌 바로 앞 아파트와 그와는 반대로 오래된 축대처럼 칙칙하게 변해버린 자신들의 거주지를 번갈아 바라보며 서 있었다. 원래 7층짜리 모텔을 원룸으로 개조한 건물은 창턱마다 장미꽃 문양이 새겨져 있었다. 어둠 속에서도 그 장미꽃 문양만은 기괴하게 도드라져 보였다.

"거, 한전에 연락해야 하는 거 아닌가?"

입주민 중 누군가가 혼잣말처럼 말했다. 정용과 진만은 입주민들과 몇 발걸음 떨어진 곳에 서서 담배를 피웠다. 추리닝 차림 그대로 나온지라 몸이 떨렸다. 불 꺼진 건물을 올려다볼 때마다 목과 어깨에서 한기가 느껴졌다.

"한전이 아니고 건물주한테 전화해야 하는 거 아니에요?"

밖으로 나온 입주민들이 더 많이 늘어났다. 그들 대부분은 슬리퍼에 맨발 차림이었고, 수면 바지에 담요를 어깨에 감고 나온 여자의 모습도 보였다.

"월세만 받고 관리를 너무 안 해주잖아요."

또 한 사람이 그렇게 말하자 이곳저곳에서 웅성거리는 목소리가 들렸다. 건물주가 관리를 제대로 안 해주는 것은 맞지만, 정용은 그렇다고 딱히 불만을 품거나 원망해본 적은 없었다. 그러기엔 월세가 지나치게 쌌다. 보증금도 없이 월세만 내는 처지라 무엇을 더 바라거나 원해선 안 된다고 이삿짐을 들여올 때부터 생각하고 있었다. 사실 그 건물이 근저당이 좀 많이 잡혀 있어요. 아아, 그래도 걱정할 거 하나 없어요. 그래서 보증금도 없는 건데, 뭘……. 처음 정용과 진만에게 방을 소개해준 부동산중개인은 그런 말을 보태기도 했다. 근저당이 많이 설정되어 있는 건물, 그 건물에 세 들어 살고 있는 사람들, 그 사람들이 정전 때문에 한자리에 모여 서 있는 밤이었다.

"한전에서 30분 안에 기사 보내준대요."

검은색 롱 패딩을 입은 젊은 남자가 휴대폰을 흔들며 말했다. 그제야 몇몇 사람이 다시 건물 안으로 들어갔다. 하지만 여전히 더 많은 사람이 건물 앞에 남아 있었다. 일부는 출입문 옆 벽에 기대서 있었고, 또 일부는 층계에 앉아 있었다. 건물 근처를 지나가는 사람들은 무슨 구경거리처럼 입주민들을 힐끔힐끔 바라보았다.

"저기, 4층이요. 거 누군지는 몰라도 밤에 세탁기 좀 돌리지 맙시다."

중년 남자가 짜증 섞인 목소리로 말했다.

"밤에 세탁기를 안 돌리면 언제 돌려요? 낮엔 일하는데."

다른 남자의 목소리가 되받았다.

"아니, 주말도 있고 정 안 되면 초저녁에 돌리면 되잖아요?"

"주말도 일하고 퇴근하면 밤 10시인데, 뭘 어쩌라는 거야, 젠장."

"젠장? 너 근데 몇 살이니? 몇 살인데 반말 찍찍 갈기는 건데!"

층계에 앉아 있던 남자가 일어나서 한 사내 앞쪽으로 다가갔다. 사내도 남자의 시선을 피하지 않고 허리를 더 꼿꼿하게 세웠다. 정용은 그 모습을 가만히 지켜보면서도 별다른 감흥이 들지 않았다. 모두 혼자 사는 사람들이었다. 연차나 반차, 월차 같은 것도 없는 사람들이었고, 코인 세탁소를 이용하지도 않는 사람들이었다. 오직 가전제품이 내는 소리만 듣고 사는 사람들. 그 소리를 들으면서 잠드는 사람들.

　서로 멱살을 잡을 듯 으르렁거리던 두 사람은 그러나 언제 그랬냐는 듯 다시 잠잠해졌다. 더 이상 반말도, 비아냥도 없었다.

　"정전되니까…… 괜히 호빵 같은 거 먹고 싶지 않니?"

　진만이 정용의 귀에 대고 속삭이듯 말했다. 정용은 그런 진만을 말없이 바라보기만 했다. 내가 얘랑 너무 오래 살아서 이렇게 아무런 감흥도 느끼지 못하게 된 것은 아닐까, 그런 생각이 문득 들기도 했다.

　신고 전화를 한 지 채 20분도 지나지 않아 붉은색 한전 마크를 단 사다리차가 건물 앞에 도착했다.

　"퓨즈가 나갔을 겁니다. 교체하면 바로 괜찮아질 거예요."

　헬멧을 쓴 기사가 모여 있는 입주민들에게 그렇게 말하곤 바로 작업에 들어갔다. 입주민들은 바스켓이 달린 사다리가 서서히 펼쳐지는 모습을 마치 어미를 기다리는 어린 참새 떼처럼 고개를 쳐들고 바라보았다. 건물 안에 있던 입주민들도 창문 밖으로 고개를 내밀어 바스켓에 타고 있는 한전 기사를 바라보았다. 토요일 밤이었지만, 누군가는 다른 사람의 따뜻한 잠자리를 위해 아찔한 허공 위로 올라가고 있었다. 그것은 단순히 그 사람의 직업이었겠지만, 그 모습 자체만으로도 사람들에겐 어떤 위로가 되는 모양이었다. 입주민들은 아무 말도 하지 않고 그저 바라보기만 했다.

"어, 눈 오네."

누군가가 그렇게 말을 하자 정말로 하늘에서 벚꽃 같은 작은 눈송이가 천천히 떨어지기 시작했다. 사람들은 떨어지는 눈과 그 눈을 배경으로 하늘에 떠 있는 한전 기사를 계속 쳐다보았다. 올해 첫눈이었지만, 기사는 그런 것쯤 상관도 하지 않고 변압기 여는 작업에만 열중했다. 첫눈이 기사를 더 기사답게 만들어주는 것만 같았다. 건물주도, 근저당도, 세탁기 소음도 첫눈이 온다고 해서 달라지진 않겠지만, 지금 저 하늘에 떠 있는 기사만큼은 더 선명하게 해주는 것 같았다.

"야, 진짜 눈 보니까 호빵 먹고 싶지 않니? 올해 첫 호빵."

진만이 다시 정용의 귀에 속삭였다.

증인

아르바이트를 끝내고 자취방으로 돌아오는 길에 진만은 어제까지만 해도 눈에 띄지 않던 플래카드가 사거리 횡단보도 반대편 가로수에 묶여 있는 것을 보았다. 그 플래카드에는 이런 글귀가 적혀 있었다.

'사고 목격자를 찾습니다. 지난 1월 16일 밤 12시쯤 이곳 횡단보도에서 일어난 1톤 트럭 사고를 목격한 분은 연락해주시기 바랍니다. 후사하겠습니다.'

체감온도가 영하 15도를 넘는 밤이었다. 어깨를 잔뜩 움츠린 채 가로수 옆을 지나쳤던 진만은, 무언가 생각난 듯 그 자리에 우뚝 멈춰 섰다.

'뭐야. 이거 날 찾는 플래카드잖아.'

진만은 다시 걸음을 돌려 플래카드 앞에 섰다. 맞네, 그날이 맞아. 진만은 자신이 건너온 횡단보도를 뒤돌아보았다. 사람은 한 명도 보이지 않고, 희끄무레 남아 있는 잔설 위로 차량들만 빠른 속도로 지나다니고 있었다. 차도에서는 바람 소리가 더 크게 들려왔다.

*

보름 전, 진만은 퇴근길에 교통사고를 목격했다. 그때도 자정 가까운 시간이었고, 체감온도는 자기가 무슨 피시방 최저시급이나 되는 것처럼 며칠째 영하 15도로 변함이 없었다. 허기가 져서, 진만은 계속 자취방 싱크대 찬장에 있는 짜장라면만 생각하면서 빠르게 걷고 있었다. 짜장라면 위에 달걀프라이를 올려야지, 노른자는 터뜨리지 말아야지, 마음먹으면서

깜빡깜빡 초록불이 점멸하는 횡단보도를 건넜다. 반대편 인도에 도착해 채 몇 걸음 떼지 않았을 때, 날카로운 브레이크 소리를 들었다. 횡단보도 초록불은 이미 빨간불로 변해 있었고, 도로 2차선엔 짐칸에 파란색 방수포를 씌운 1톤 트럭 한 대가 멈춰 서 있었다. 그리고 트럭의 전조등 앞에 누워 있는 한 사람……. 트럭 운전석에서 검은색 비니에 목장갑을 낀 남자가 뛰쳐나왔고, 진만 또한 자신도 모르게 천천히 그쪽으로 걸어갔다.

"괜찮으세요?"

검은 비니 아래로 희끗희끗 흰머리가 보이는 운전사가 물었다. 그는 보풀이 인 회색 스웨터 차림이었는데, 소매 끝에 누런 내복 소매가 튀어나와 있었다. 도로에 누워 있는 사람은 보라색 털외투를 입은 할머니였다. 할머니가 쓰러져 있는 자리 옆에는 접이식 쇼핑 카트가 모로 누워 있었다. 쇼핑 카트에는 각종 박스들이 마치 부러진 날개처럼 차곡차곡 쌓여 있었다.

"에그…… 다리가…… 다리가 안 움직이는데……."

운전사는 할머니를 거의 뒤에서 안다시피 해서 부축했다.

진만은 멍하니 그 모습을 지켜보다가 접이식 쇼핑 카트를 일으켜 세웠다.

"일단 병원부터 가시죠."

운전사가 할머니를 트럭 조수석에 태웠다. 그 와중에도 할머니는 쇼핑 카트를 계속 찾았다. 보다 못해 진만이 대신 트럭 짐칸에 실어주었다. 그것이 그날 진만이 목격한 사고의 전부였다. 진만은 자신이 무언가 좋은 일을 한 것만 같아 마음이 뿌듯해졌지만, 자취방에 남아 있던 달걀을 정용이 몽땅 오쿠에 넣어놓은 것을 보고 마음이 상했다. 그 마음이 사고의 잔상보다 훨씬 더 오래 남았다. 픽픽한 짜장라면이라니⋯⋯.

*

트럭 운전사는 신호등 색깔부터 물었다. 자취방으로 돌아와 몇 분을 더 고민하다가 진만이 처음 전화를 했을 때였다.

"글쎄요⋯⋯ 아마 빨간색이었던 거 같기도 한데⋯⋯."

진만이 말을 흐렸지만, 트럭 운전사는 대번에 그렇죠, 빨간색이 맞잖아요, 하면서 말을 이었다. 트럭 운전사의 말에 따르면 초록색이냐, 빨간색이냐에 따라 자신의 상황이 크게 달라진다고 했다. 초록색일 경우는 11대 중과실 교통사고로 형사처벌까지 받는 것이고, 반대로 빨간색일 경우 할머니의 무단횡단으로 자신의 과실은 줄어든다는 것이었다.

"저기, 경찰서에서 전화가 오면 그냥 본 대로 말씀만 해주시면 되는 거예요."

트럭 운전사는 목소리가 빨랐고, 또 다급해 보였다.

"할머니는요? 그때 그 할머니는 많이 다치셨어요?"

왼쪽 다리 골절로 8주. 현재 한방병원에 입원 중. 그것이 트럭 운전사가 전한 할머니의 근황이었다.

"꼭 좀 부탁합시다. CCTV도 없고 블랙박스도 없는데, 할머니는 계속 초록불에 건넜다고 우기시니……."

진만은 네, 네, 말끝을 흐리면서 전화를 끊었다.

"그래서? 진짜 증언하게?"

옆에 누워 있던 정용이 슬쩍 진만을 바라보며 물었다.

"그래야 하지 않을까? 내가 건너고 있을 때 초록불이 깜빡거렸던 게 사실이니까……."

"그 할머니가 안됐네……. 네가 그렇게 말하면 그 할머니가 힘들어질 텐데……."

진만은 팔베개를 한 채 자취방 천장을 바라보았다.

"그러면 그냥 말까? 그 할머니 그 시간에 폐지 줍는 거 보면……."

"그럼 또 그 트럭 운전사가 힘들어지겠지. 중과실 사고면 벌금도 엄청 나올 텐데……."

"아이 씨, 뭘 어떻게 해야 하는 거야……."

진만은 시험을 망친 아이처럼 제 머리를 헝클어뜨렸다. 그러면서 트럭 운전사에게 전화를 건 자신을 잠깐 원망하기도 했다.

"증언해주기로 했으면 다른 거 말고 사실만 말해야지 뭐. 그게 어려운 거라서 진짜 증언할 거냐고 물은 건데……."

정용이 그렇게 말했지만, 진만은 말이 없었다. 대신 진만은 머릿속으로 그날 밤 사거리 횡단보도를 반복해서 떠올렸다.

초록불이 깜빡거릴 때, 목을 잔뜩 움츠린 채 횡단보도를 건너던 자신의 등 뒤로 탈탈탈, 접이식 쇼핑 카트 바퀴가 내던 소리…… 슬쩍 뒤돌아보면서 아이고 할머니, 발이 많이 느리시네, 생각하면서도 뒤돌아 다가가지 못했던 자신의 마음…….
진만은 어쩐지 자신의 그 마음까지 증언해야 할까봐, 그게 더 두려워서 밤늦도록 쉬이 잠들지 못했다.

추운 겨울밤이 지나가고 있었다.

생일 편지

진만은 생일날 어머니의 편지를 받았다.

진만이 보거라. 엄마다.

네 생일인데 전화만 달랑 하기 미안해서 몇 자 적어 보낸다. 네가 군 생활할 땐 그래도 엄마랑 종종 편지를 주고받았는데, 그땐 그게 그렇게 좋은 건지 잘 몰랐단다. 그 시절엔 엄마도 지금보단 젊었으니까.

타지에서 미역국이라도 제대로 끓어 먹었는지 모르겠구나. 엄마가 가서 챙겨주면 좋겠는데, 여기 식당 일도 그렇

고, 내 무릎도 그렇고, 도통 움직일 수 있는 처지가 못 되는
구나. 무심한 엄마를 이해해주길 바란다.

사랑하는 내 아들 진만아.

네가 세상에 나온 지도 어느새 스물일곱 해가 지났구나.
엄마는 말랑말랑했던 네 손과 발을 씻기던 날들을 바로 어
제처럼 떠올릴 수 있단다. 너는 태어날 때부터 다른 아이들
에 비해 작고 병치레도 잦아서 엄마 속을 많이 태우곤 했단
다. 엄마 혼자 너를 둘러업고 병원을 뛰어갔던 적도 많았
어. 펄펄 열이 나는 너를 안고서 병원 복도에 앉아 있는데,
그런데도 자꾸 까무룩까무룩 졸음이 몰려와서, 너랑 같이
한 사흘만이라도 병원에 입원해 있었으면 좋겠다, 생각한
적도 많았단다.

진만아, 너는 엄마 아빠가 이혼하고 따로 살아서 원망
이 많겠지만, 엄마는 엄마 나름대로 최선을 다했단다. 엄

마가 예전에도 말했듯이, 너와 꼭 단둘이서만 살고 싶었어. 한데도 네 아빠 그 인간이 그건 안 된다고, 진만이는 장손이라서 죽어도 자기와 살아야 한다고 고집을 피우는 바람에…… 내가 한시라도 빨리 그 인간하곤 따로 떨어져 살고 싶은 마음에 그렇게 된 거란다. 또 한편 마음속으로 그래도 나보단 잘 키우겠지, 저렇게 장손 장손 해대는데 모자람 없이 가르치겠지, 생각한 것도 사실이란다. 그 인간이 맨날 돈 벌어온답시고 전국 공사 현장 떠돌면서 중학생이던 너를 방치하다시피 한 것을 떠올리면, 그때 내가 더 악을 써볼걸, 조금 더 용기를 내볼걸, 후회가 되는구나. 그게 너한테도 참 많이 미안한 점이고…….

말이 나왔으니까 하는 말이지만 네 아빠 그 인간은 젊은 날에도 자기밖에 모르는 이기적인 인간이었단다. 생활비라곤 단 한 번도 제대로 가져다준 적 없고, 너를 씻겨주거나 네 기저귀를 갈아준 적도 없었단다. 집에 들어오면 그저 자빠져 자거나 어떻게든 나갈 핑계를 만들어서 다시 술이

나 퍼마시고 돌아왔지……. 그땐 혼자 된 네 할아버지도 우리가 같이 모시고 살았잖니? 그러니 그 인간이 더 미워지더라. 인간이 미워지니까 그 인간이 풍기는 냄새와 밥 먹는 소리, 하다못해 그 인간이 베고 잔 베개마저도 꼴 보기 싫어지더구나…….

진만아, 네 생일 축하한다고 편지를 쓰면서 엄마가 또 괜한 소리를 하는 거 같구나. 엄마가 요새 식당 일 끝나고 집에 들어오면 괜스레 외롭고 쓸쓸한 심정이 되어 공책에 이것저것 끄적거려보는데, 쓰는 것들이 모두 다 지난날의 후회뿐이야. 그래서 그런 것이니 너무 괘념치 말거라. 네 생일은 너에게만 의미 있는 날은 아니란다. 그날은 엄마 인생이 바뀐 날이기도 하니, 엄마가 구질구질한 말을 써도 용서해주기 바란다.

다시 한번 생일 축하하고, 타지에서 몸 성히, 밥 굶지 말고 잘 지내길 바란다. 여자 친구가 있는지 없는지 모르겠지만, 결혼은 나중에 나중에 신중하게 생각해서 하도록 하렴. 네 아빠 그 인간처럼 할 생각이면 아예 하지 않는 것도 좋은 방법이고……. 요즘 세상에 네 아빠 그 인간처럼 여자한테 그러면 어떻게 되는지 너도 잘 알고 있지? 알아서 잘 처신하길 바란다.

진만은 어머니에게 편지를 받은 다음 날 바로 답장을 썼다.

엄마.

생일 축하해주셔서 고마워요. 오랜만에 엄마 글씨체를 보니까 저도 예전 군대 시절 생각이 나고, 그래서 좋았어요. 제가 군대 있을 때 제게 유일하게 답장을 보내준 사람이 엄마였으니까요.

생일이라고 별다르게 지낸 것은 아니었는데, 그래도 야간 알바 마치고 자취방에 돌아오니까 같이 사는 친구가 미역국을 끓여줘서 섭섭한 것은 없었어요. 여자 친구는 아니고요, 같이 택배 상하차 알바하는 남자 동기예요. 저는 야간반, 그 친구는 오후반. 미역국은 편의점에서 파는 즉석식품이었는데, 오랜만에 먹어서 그런가 나쁘지 않았어요. 편의점에서 파는 건 그런 게 좋거든요. 뭐든 나쁘진 않은 거. 깜짝 놀랄 만한 맛은 없지만, 최소한 나쁘진 않은 거. 그러면 된 거지, 뭐. 저는 그렇게 생각해요.

엄마.

엄마 편지 읽고 나니까 저도 엄마 아빠 생각이 많이 났어요. 평소엔 하지 않았는데, 생일날 엄마 아빠 생각을 하니까 기분이 좀 묘하더라구요. 하지만 그것도 그렇게 나쁘진 않았어요. 전 정말 엄마나 아빠에게 원망이나 섭섭한 마음 같은 게 없거든요. 어디에서 읽은 적 있는데, 부모는 이해하는 게 아니라 용서하는 거래요. 한데, 저는 그 말도 잘 이해되지 않더라구요. 용서하면 그 뒤엔 어찌해야 하는가?

그러면 그다음에 서로 잘 지내야 하는가? 저는 이해도 싫고 용서도 싫어요. 그냥 지금처럼 나쁘지만 않으면 돼요. 저는 지금 그런 상태거든요. 엄마도 그렇게 되시길 바랄게요. 저에게도, 아빠에게도.

생일 축하해줘서 고마워요, 엄마. 그리고 제 여자 친구나 결혼 문제는 걱정 안 하셔도 돼요. 엄마 아빠 때는 그래도 결혼도 해보고 이혼도 해보고 그랬지만, 우리는…… 아마 안 될 거예요. 하지만 그래서 엄마 걱정하는 나쁜 일도 생기지 않을 테니까, 그러면 된 거죠, 뭐. 저는 그렇게 생각하고 있어요.

엄마, 건강하시고요. 엄마도 나쁘지 않은 시간을 보내시길 바라요.

진만은 자신이 쓴 답장을 천천히 읽어보았다. 진만은 그 편지를 보내지 않았다.

벚꽃 철야

정용은 무작정 국도 갓길을 걷기 시작했다.

새벽 1시가 조금 넘은 시각이었다. 가로등 하나 없는 국도
는, 그러나 보름이 가까워진 달과 그 달빛을 한 몸에 받은 벚
꽃 때문에 그렇게 어둡진 않았다. 이따금 바람이 한차례 불어
올 때마다 어린 나비의 날개 같은 벚꽃이 살아 움직이듯 나뭇
가지 사이를 날아다녔다.

"더러워서, 진짜……."

정용은 자신이 걸어온 길을 돌아보며 혼잣말을 했다. 벚나
무와 야산에 가려 물류 창고는 보이지 않았다. 지금이라도 되

돌아간다면…… 걸어서 채 20분도 걸리지 않을 것이다. 정용의 마음이 약해진 건 그 거리 때문이었다. 잠깐 수치스럽고 잠깐 고개를 숙이면 일당도 제대로 받을 수 있을 것이고, 또 몇십 킬로미터를 걷지 않아도 될 것이다. 몇십 킬로미터라니, 그게 무슨 편의점에 새로 나온 과자 이름인가? 정용은 까닭 없이 자신이 버려진 아이 같다는 생각이 들었다.

지난달부터 정용은 일주일에 세 번, 광역시에서 버스로 30분 정도 떨어진 곳에 있는 물류 창고에서 택배 상하차 아르바이트를 시작했다. 주간과 야간 타임을 고를 수 있었는데, 정용은 오후 6시부터 시작해서 오전 6시에 끝나는 야간 근무를 선택했다. 시청 근처에 있는 정류장에 오후 5시쯤 서 있으면 용역회사에서 마련한 전세 버스가 도착했는데, 그 버스를 타고 출근했고, 다시 그 버스를 타고 퇴근했다. 그만큼 물류 창고는 도심에서 한참 떨어진, 일반 버스 노선이 닿지 않는 외진 야산 근처에 있었다. 알바생들 도망가지 못하게 하려고 그랬나 보지, 뭐. 정용과 달리 주간 타임에서 일하는 진만은 툭, 그렇게 말했다. 과연 그 말이 절로 나올 정도로 일은 고됐다. 하룻밤에 택배 상자 3천 개를 트럭에 쌓는 일이었다. 일당은 8만 원. 2주 연속 일을 나갔더니 적응돼서 그런지 그나마 허리 통증은 덜했지만, 그래도 여전히 아침 퇴근 버스를 타면 현기증이 일고 종아리가 쑤셔왔다.

'내가 뭘 잘못했다고…….'

정용은 다시 몸을 돌려 앞으로 걸어가기 시작했다. 어쨌든 길은 다 이어져 있는 거니까, 걷다 보면 언젠간 도착하겠지. 정용은 아랫입술을 살짝 깨물었다. 정용은 물러설 마음이 들지 않았다.

그제 아침, 정용은 일을 시작한 이후 처음으로 물류 창고 담당 팀장에게 이의를 제기했다. 분명 계약한 시간은 오전 6시까지인데, 왜 7시까지 일을 시키느냐, 그렇게 일을 더 시킬 거라면 추가 수당을 줘야 하지 않느냐? 정용은 때가 잔뜩 묻은 목장갑을 사무실에 반납하면서 그렇게 말했다.

사십대 초반쯤으로 보이는 담당 팀장은 컴퓨터 엑셀 파일을 정리하다가 말고 팔짱을 끼며 말했다.

"야, 뭐 우리가 대단한 일 시켰냐? 뭐 어려운 일 시켰어? 버스 오기 전에 잠깐 박스 좀 한쪽으로 정리해달라고 한 건데, 그게 뭐 그렇게 시간 따질 만큼 굉장한 일이라고……. 아, 진짜 요즘 애들은……."

정용은 담당 팀장의 말에 기분이 상했는데, 그건 말의 내용 때문이 아니라 말의 태도 때문이었다. 저 인간은 날 언제 봤다고 저렇게 반말을 해댈까? 정용은 지지 않고 더 따지고 싶었으나 버스 시간 때문에 그러질 못했다. 그리고 바로 오늘 자정 무렵 주어진 10분 휴식 시간에 정용은 다시 담당 팀장에게 따져 물었다.

"시간을 따질 만큼 굉장한 일이라서가 아니고요, 정확히 하자는 거죠."

"야, 마음에 안 들면 그만둬! 그만두면 되잖아. 너 아니어도 매일 일하겠다고 오는 애들 천지야. 아, 진짜 우리 땐 안 그랬는데, 요즘 애들 왜 이러지?"

정용은 그 말에 바로 끼고 있던 목장갑을 벗어 바닥에 던지고 물류 창고 밖으로 걸어 나왔다.

　정용은 후회하진 않았으나, 다리는 아팠다. 이대로 걸어가다 보면 모르긴 몰라도 아침 퇴근 버스보다 더 늦게 도착할 게 뻔해 보였다. 정용은 아름드리 벗나무 아래 서서 잠깐 하늘을 올려다보았다. 벗꽃에 가려 밤하늘이 보이지 않았다. 이게 뭐 그리 대단하다고, 벗꽃이 뭐 대단한 일을 한다고 4월마다 사람들은 난리를 칠까…… . 정용은 괜스레 나무 밑동을 발로 툭 걷어찼다. 꽃잎이 우수수, 아래로 떨어졌다.

　"좋겠다, 넌, 정리하지 않아도 돼서. 요즘 애도 아니라서…… ."

　나무는 아무 말이 없었다.

　정용이 한 시간 넘게 국도 갓길을 걸었을 때였다. 갑자기 등 뒤에서 헤드라이트 불빛이 다가왔다. 정용은 거의 반사적으로 차선 정중앙까지 뛰어나가 양팔을 흔들었다. 물류 창고를 빠져나온 이후 처음으로 보는 차량 불빛이었다.

저 차만 얻어 탈 수 있다면, 광역시 근처까지 갈 수만 있다면, 정용은 이 밤의 모든 것을 용서할 수 있을 것만 같았다. 마치 추운 겨울날, 자신을 태우러 다가오는 택시를 만난 것처럼, 정용은 최선을 다해 크게 팔을 흔들었다.

하지만 그의 앞까지 다가온 차는 속도를 멈추지 않고 그대로 지나쳤다. 그를 피해 반대편 차선으로 넘어가면서까지도 속도를 줄이지 않았다. 정용은 두 손을 든 채 멀거니 멀어져 가는 차의 트렁크를 바라보았다. 차가 지나간 자리에 벚꽃이 먼지처럼 일어났다가 다시 서서히 내려앉는 모습이 보였다.

그냥 그대로 지나칠 것 같았던 차는, 정용과 20~30미터 떨어진 곳에 멈춰 섰다. 그러곤 시동도 끄지 않은 상태로 한 남자가 운전석 문을 열고 밖으로 나왔다. 어두워서, 정용은 그의 얼굴을 제대로 볼 순 없었지만, 그가 고함처럼 내지르는 말은 똑똑히 들을 수 있었다.

"야 이 새끼야, 미쳤어? 네가 멧돼지야? 깜짝 놀랐잖아! 하여간 요즘 새끼들은⋯⋯."

남자는 그렇게 말하곤 다시 재빠르게 차 안으로 들어갔다. 차는 더 빠른 속도로 정용과 멀어졌다. 정용은 그 모습을 오랫동안 지켜보고 서 있었다. 헤드라이트 불빛이 사라진 국도는 좀 전보다 훨씬 더 컴컴해진 것 같았다. 벚꽃이 만개해 있어도, 벚꽃이 보이지 않을 만큼 어두웠다.

그 어둠이 정용은 좀 무서웠다.

스승의 밤

정용은 대학교 2년 선배인 철민의 전화를 받았다.

"너, 송 교수님 알지? 송 교수님이 이번에 정년 퇴임하시잖니."

철민 선배의 말인즉슨, 학과 동문회에서 송 교수의 정년 퇴임식을 광역시에 있는 한 호텔 연회장에서 열기로 했는데, 시간 괜찮으면 꼭 참석하라는 것이었다.

"제가요? 제가 그런 자리에 왜……."

정용은 말꼬리를 흐렸지만, 그것만으로도 충분히 자기 뜻을 전했다고 생각했다. 원래 그런 자리는 성공한 제자들이나 참석하는 행사가 아니던가. 화환도 보내고, 꽃다발도 들고 가고, 지인 결혼식에 참석하는 것처럼 봉투에 돈도 넣고…….
직업이라곤 택배 상하차 아르바이트와 편의점 아르바이트를
전전하고 있는 처지인데…… 사촌 여동생 결혼식도 부조금
이 없어서 못 갔는데…….

"그냥 머릿수만 채우면 되는 거야. 그런 행사는 다른 거 다
필요 없고 제자들 몇 명 왔나, 그게 제일 중요하거든. 경비는
다 채워졌으니까 넌 그냥 와서 밥만 먹고 가면 되는 거야."

철민 선배는 학과 내 소모임 회장을 2년 연속 맡으면서도
평점 4.0 아래로 한 번도 내려간 적 없는 성실한 사람이었다.
그는 졸업하던 그해, 학과 교수 추천을 받아 지역인재전형으
로 공기업에 입사해 지금까지 그곳에서 근무하고 있었다. 그
추천서를 써준 사람이 바로 송 교수였다. 정용은 철민에게 노
력해볼게요, 말하곤 전화를 끊었다. 송 교수보다도 철민을 보
는 게 어쩐지 정용에겐 더 자신 없는 일이었다.

학부 시절, 송 교수에 대한 추억은 별다른 게 없었다. 송 교
수는 허리가 좋지 않아 늘 한 손으로 왼쪽 허리를 짚은 채 강

의를 하곤 했는데, 그러면서도 강의 시간을 꽉꽉 채우는 것으로 유명했다. 휴강도 없었고, 중간고사 기간이나 축제 기간이라고 어물쩍 넘어가는 법도 없었다. 그렇다고 학생들과 무람없이 지냈는가 하면, 그건 또 아니었다. 송 교수는 학술 답사나 엠티 같은 학과 행사에도 빠짐없이 참석했지만, 학생들과 둘러앉아 술자리를 함께하진 않았다. 늘 밤 9시만 되면 소리 없이 숙소로 사라지곤 했다. 세상에, 엠티에 양복 입고 오는 교수님은 전 세계적으로 저분밖에 없을 거야. 그게 바로 송 교수였다.

"그래서? 갈 거야?"

진만이 정용에게 물었다.

"뭐 일도 없고…… 가서 밥이나 얻어먹고 오지, 뭐."

정용은 무덤덤하게 말했다. 그런 자리 가는 제자가 따로 있고, 갈 수 없는 제자가 따로 있나? 오기 같은 게 생기기도 했다.

"그럼, 나도 같이 갈까?"

"넌 송 교수님한테 배우지도 않았잖아?"

"과는 달라도…… 뭐 어쨌든 동문이니까……."

정용은 갑자기 가고 싶은 마음이 싹 사라졌다.

퇴임식은 오후 5시부터 시작되었다. 호텔은 정용이 생각한 것보다 크지 않았고, 연회장도 일반 식당 정도로 작았다. 정용은 연회장 앞에 코르사주를 단 채 서 있는 송 교수를 보고 얼떨결에 고개를 숙였다. 양복을 입고 있는 송 교수는 불과 2년 만에 다시 보는 것이었지만, 마치 오래전 초등학교 담임 선생님을 만난 것처럼 낯설어 보였다.

"어어, 그래. 자네들도 왔는가?"

송 교수는 악수를 청하며 어색하게 웃었다.

"교수님, 새 출발 진심으로 축하드립니다."

진만이 허리를 숙인 채 말했다. 정용은 그 옆에서 말없이 서 있기만 했다. 송 교수는 자신을 기억하지 못하는 게 분명해 보였다.

퇴임식은 동료 교수와 제자 대표의 축사, 그리고 송 교수의 퇴임 강연으로 진행되었다.

"이거 봐라, 이거. 마지막까지 강의하신단다."

연회장 같은 테이블에 앉은 철민 선배가 프린트된 유인물을 나눠주며 말했다. 유인물 맨 위에는 '한국 현대사의 쟁점들'이라는 제목이 붙어 있었다. 진만은 휴대폰을 테이블 위에 내려놓고 TV 프로그램 '짤방'을 소리 죽여 보았다. 정용은 송 교수의 말을 듣는 둥 마는 둥 하면서 연회장에 온 사람들을 둘러보았다. 구두를 신지 않은 사람은 자신과 진만뿐인 것 같았다. 그들은 모두 진지하게 송 교수의 강연을 듣고 있었다. 그래, 사는 게 팍팍하지 않으면 한국 현대사의 쟁점들이 궁금하기도 하겠지. 최저임금이니 고용 상황이니 하는 것들보다, 한국 현대사의 쟁점들도 만만치 않게 중요한 거겠지. 정용의 마음은 점점 더 뾰족하게 변해갔다. 정용은 이 자리에 온 것을 후회했다.

식사는 뷔페식이었다. 정용은 음식을 한 번 갖다 먹고 난 후, 연회장 밖 주차장으로 나가 담배를 한 대 피웠다. 연회장

쪽에서 누군가 천천히 걸어오는 것 같아서 자세히 보니, 송 교수였다. 정용은 황급히 담배를 감췄다.

"같이 한 대 피우세."

송 교수는 정용의 옆에 섰다.

"정용 군, 박정용 군 맞지? 4학년 때 내 강의 C학점 받은……."

정용은 말없이 뒤통수를 긁적거렸다. 송 교수가 자신의 이름을 정확하게 기억하고 있을 줄 몰랐다.

"한심하지, 이런 자리?"

"네? 아니, 저는 저기……."

송 교수는 한 손으로 계속 허리를 짚고 있었다.

"나이 들면 이런 자리 아니면 젊은 사람들을 잘 못 만나."

정용은 고개를 돌려 담배 연기를 조심스럽게 내뱉었다.

"내가 죽기 전에 자네들 얼굴을 다시 볼 수 있겠나? 그 생각하면서 오래 말했네."

연회장 쪽에서 왁자지껄한 목소리가 들려왔다. 누군가가 마이크를 잡은 모양이었다.

"정용 군."

"네, 교수님."

"와줘서 고맙네. 늙은이들 말 귀담아듣지 말고, 우리 서로 얼굴만 기억함세."

정용은 계속 자신의 운동화만 내려다본 채 서 있었다. 밤이 깊어가고 있었다.

우리 어깨에 올라탄

"알바하다 보면요. 진짜 이상한 사장들, 황당한 점장들 많이 만나잖아요."

"그야, 그렇죠……. 한데 어디 그게 사장들만 그런가요? 같이 일하는 알바 중에도 이상한 애들이 진짜 많아서……."

"진만 씨는 아직…… 괜찮죠?"

"네? 뭐가요?"

"아니, 우리 사장한테 이상한 말 안 들었냐고요."

"이상한 말이요? 아니요, 저는 아직……."

"그런 거 같더라고요. 그래서 제가 지금 이렇게 말씀드리는 거예요."

"저기 나중에 하면 안 될까요?"

"잠깐이면 돼요. 이게 진짜 중요한 이야기거든요."

"제가 지금 버스를 놓치면 걸어가야 하는데……."

"우리 사장이 겉만 보면 진짜 멀쩡하잖아요. 숯불갈빗집 사장 같지 않고 카운터에 와이셔츠 입고 앉아서 책이나 보고……. 나는요, 맨 처음에 우리 사장이 부모 잘 만나서 가게 물려받은 사람이구나, 그렇게 생각했어요. 한데, 알고 보니까 우리 사장이 원래 절에 들어가서 고시 공부하던 사람이래요. 몇 년 그렇게 하다가 포기하고 내려와서 주식으로 큰돈을 벌었다나 뭐라나. 암튼 그 돈으로 카페 운영하다가 거기서도 또 돈을 더 벌어서 차린 게 지금 이 숯불갈빗집이래요."

"아니, 진짜 제가 막차를 놓치면……."

"진만 씨도 우리 사장이 홀 서빙 도와주는 거 한 번도 못 봤죠? 우리 사장은요, 아무리 바빠도 카운터에서 일어나질 않아요. 바쁠 땐 알바들이 불판도 닦다가 다시 그 손으로 반찬도 내가고, 테이블도 정리하고, 그래야 해요. 진만 씨도 이제 보름 가까이 되었으니까 알 거 아니에요? 우리 사장은 알바가 해야 할 일, 사장이 해야 할 일, 딱딱 구분하는 걸 좋아하는 사람이거든요. 손님이 기분 나빠하든 말든 아닌 건 때려죽여도 아닌 사람인 거죠."

"저기 그러면 버스 정류장까지 걸으면서 얘기할까요? 제가 진짜 택시비가 없어서요."

"사실, 전 여기 딱 한 달만 일하고 그만둘 생각이었거든요. 진만 씨도 해봐서 알겠지만 이 알바가 이게 장난이 아니잖아요. 숯불도 만들고 기름때도 벗겨내고 서빙도 하고……. 말이 알바지 무슨 조선시대 노비 같잖아요. 그리고 시급 천 원 더 얹어 받는 건데…… 여름 되니까 진짜 못 해 먹겠더라고요. 그래서 한 달 월급만 받으면 그다음 날 바로 때려치우려고 했는데 한 20일쯤 됐을 때던가, 사장이 저만 따로 부르더라고요."

"저기, 걸음 좀 빨리해주셨으면……."

"손님들 뜸해졌을 때 저를 룸으로 부르더니, 대뜸 가족 중에 제명까지 못 살고 일찍 돌아가신 분이 없냐고 묻는 거예요."

"사장님이요? 상수 씨한테요?"

"네. 그러니까 좀 이상하잖아요. 그전까지는 뭐 해라, 뭐 해

103

라, 지시만 하던 사람이 갑자기 우리 가족 얘기를 묻고, 그것도 일찍 죽은 사람이 있냐 없냐, 물으니까……."

"거, 왜 그랬을까요?"

"기분이 좀 더럽더라고요. 자기가 사장이면 사장이지, 알바한테 별소리를 다 한다고 생각했죠. 우리 집은 아버지가 좀 편찮으셔서 그렇지 부모님 두 분 다 멀쩡하게 살아 계시거든요. 할아버지 할머니도 여든 넘어서까지 사셨고……. 그래서 그냥 대답도 안 하고 멍하니 바라만 봤더니 사장이 더 이상한 말을 하는 거예요."

"어떤……?"

"믿을지 안 믿을지 모르겠지만, 자기가 옛날부터 귀신을 좀 본다는 거예요. 사람들 어깨에 올라타 있는 귀신을……. 사실 자기가 절에 들어간 것도 고시 공부하러 간 게 아니라, 그거 좀 안 보이게 해달라고 부처님한테 빌러 갔다는 거예요. 한데 절에 있으면서도 계속 신도들 어깨에 붙어 있는 귀신들이 보이니까 그냥 그대로 살기로 마음먹었다는 거예요. 자기가 카운터에만 앉아 있는 이유도 손님들한테 있는 귀신이 자기한테 넘어올까봐 그러는 건데…… 사장이 그 귀신이 내 어깨에도 한 명 있다는 거예요. 중년 남자 귀신이……."

"네? 아니, 그게 무슨……."

"저도 처음엔 그냥 사장이 놀리려고 하는 소리인 줄 알았어요. 괜히 심심하니까 저러나, 하고 말았죠. 한데, 그 말이 자꾸 귓가에서 떠나지 않는 거예요. 일할 때도 괜히 어깨가 무거워지는 거 같고. 그래서 막 들고 가던 숯도 쏟을 뻔하고. 그리고 더 결정적인 건 우리 외삼촌 중 한 분이 아파트 공사장 비계에서 떨어져 돌아가셨다는, 한 10년 전 어머니가 했던 말을 기억해낸 거예요. 그러니까 더 죽겠는 거예요. 자꾸 뒤돌아보게 되고, 거울도 못 보겠고."

"어어, 그럼 진짜…… 우리 사장이……."

"제가 그렇게 일주일간 계속 잠도 못 자고 고생하다가 우리 사장한테 사정했다는 거 아니에요. 정말 제 어깨에 누가 있는 게 맞느냐고. 그럼 이걸 어찌해야 하냐고."

"그랬더니 사장이, 아니, 사장님이 뭐래요?"

"사장이…… 그게 쉽게 어떻게 할 수 있는 문제가 아니고,

시간이 좀 걸린다는 거예요. 자기가 저를 보면서 계속 기도를 드릴 테니까 어디 가지 말고 눈앞에 있으라고. 어깨 위 귀신 때문에 네 인생이 지금까지 제대로 풀리지 않은 거라고."

"좀 무시무시하네요. 그런 얘기는 진짜 어디 영화에나 나오는 건지 알았는데……."

"그래서 제가 여기서 일한 지 벌써 반년이 넘었잖아요."

"그래, 좀…… 괜찮아졌어요? 사장이 진짜 기도도 해주고?"

"기도하는지 안 하는지 잘 모르겠는데……. 근데 진만 씨, 진짜 더 무서운 게 뭔지 아세요?"

"더, 더 있어요?"

"우리 갈빗집 주방에서 일하는 아주머니 두 분도 다 어깨에 귀신이 있다는 거예요. 사장이 그 아주머니들한테도 그렇게 말해서 아주머니들도 벌써 2년 넘게 여기서만 일하고 있다는 거예요. 그만두지도 못하고."

"네?"

"이게 뭘 뜻하는지 아시겠죠? 세상에 진짜 이상한 사장이 많다니까요. 그러니까 진만 씨도 조심하라고요."

분노 사회

정신적으로⋯⋯ 어떤 문제가 생긴 것은 아닐까?

진만은 욕실 거울을 보면서 생각했다. 이건 뭐 너무 예민하잖아. 욕실 문 밖에선 계속 달그락, 달그락 설거지하는 소리가 들렸다. 수저와 그릇이 서로 부딪치면서 내는 소리가 마치 알 굵은 우박이 슬레이트 지붕 위로 쏟아지는 것처럼 요란했다. 정용은 왜 저렇게 쉽게 화를 내는가? 저것도 병은 아닐까? 진만은 쉽게 욕실 밖으로 나가지 못했다.

정용은 원래 그런 친구가 아니었다. 말이 좀 없어서 그렇지, 요즘처럼 벌컥 화를 내거나 계속 미간을 찌푸리고 다니는 친구는 아니었다. 정용이 편의점 아르바이트를 하는 시간에, 진만은 종종 그곳 테이블에 앉아 폐기 등록된 삼각김밥을 얻어먹곤 했다. 그러다 보니 자연 정용이 일하는 모습을 지켜볼 수 있었는데, 그때도 정용은 뭐랄까, 마치 주유소 앞에 세워 둔 막대풍선처럼 감정 없이 사람을 대하고 똑같은 표정으로 포스기를 찍는 아르바이트생이었다.

한 번은 이런 일도 있었다. 자정 무렵이었는데, 그때도 진만은 편의점 안 테이블에 앉아 휴대폰으로 그날 프로야구 하이라이트를 보고 있었다. 정용은 계산대 뒤에 서서 검수기를 꺼내 물건 수량을 확인하고, 빈 물품을 창고에서 꺼내오느라 잠시도 쉬지 않고 있었다. 그 와중에도 손님들은 끊이지 않고 계속 편의점 안으로 들어왔는데, 그중 오십대 초반으로 보이는 남자가 정용에게 벌컥 화를 냈다.

"너도 나 무시하냐?"

정용은 남자의 얼굴을 1~2초 정도 말없이 바라보다가 말했다.

"아니, 손님. 그게 아니구요. 비닐봉지도 따로 20원을 받게
되어 있어서요……."

"그러니까 너도 내가 20원짜리로 보이냐구!"

남자가 계산대 위에 올려놓은 물품은 소주 한 병이 전부였
다. 진만은 앉은 채로 허리를 길게 빼 남자와 정용을 바라보
았다. 정용은 잠깐 고개를 숙이고 서 있다가 이내 비닐봉지에
소주를 담았다. 네, 여기 있습니다, 손님. 정용은 인사말도 빼
먹지 않았다.

"잘해, 새끼야. 너도 그러다가 20원짜리 되니까."

남자는 끝까지 욕을 하고 나갔지만, 정용은 무표정한 얼굴
로 다음 손님을 받고 계속 물품 정리를 했다.

"화 안 나?"

손님이 뜸해졌을 때 진만이 정용에게 물었다.

"화나지……."

정용은 계산대 위에 빨대와 나무젓가락을 채우면서 말했다.

"비닐봉지 그냥 주다가 20원씩 받으라는 놈들한테 화가 나

지. 걔네들은 20원을 서로 주고받는 게 어떤 건지 잘 모르는 애들이거든. 책상에 앉아서 툭툭. 20원 내라고 하면 일회용품 사라질 거다, 툭툭."

진만은 정용이 무슨 뜻으로 그런 말을 하는지 잘 와닿지 않았다. 다만, 자신에겐 화를 내지 않으니까, 그나마 다행이라고만 생각했다.

그랬던 정용이 변한 것이었다. 그제는 퇴근한 정용이 원룸 욕실에 들어가 샤워를 하다 말고 무언가를 세게 바닥에 집어던지기까지 했다. 방에 누워 있던 진만은 슬쩍 욕실 쪽으로 가보았다.

"뭐야, 왜 그래?"

정용은 진만의 말에 아무 대답 없이 탈탈, 수건으로 머리를 털었다. 욕실 바닥에는 빈 로션 통이 뚜껑과 분리된 채 나동그라져 있었다. 정용이 샀으나, 진만도 함께 쓴 로션. 며칠 전부터 뚜껑에 달린 펌프를 누르면 휘파람 소리만 나고 아무것도 나오지 않던 로션. 차라리, 무슨 말이라도 하면 마음이라도 편할 텐데……. 정용은 아무 말 없이 침대에 가 누웠다. 진만은 그런 정용을 바라보다가 조용히 빈 로션 통을 치웠다.

"저기……."

진만은 한참을 뒤척거리다가 조심스럽게 말을 꺼냈다. 방에 불이 꺼진 지 20여 분이 지난 뒤였다. 정용은 침대에, 진만은 바닥에 요를 깔고 누운 상태였다.

"요즘 나한테 뭐 화나는 일 있어?"

정용은 끙, 소리를 내며 벽 쪽으로 돌아누웠다.

"로션 때문에 그래? 네가 사놓은 걸 내가 막 써서? 그거 내가 인터넷으로 주문했는데……."

"뭔 소리야? 잠이나 자. 나 피곤해……."

정용은 2주 전부터 편의점 아르바이트 외에 따로 주말 아르바이트를 하나 더 시작했다. 숯불갈빗집 설거지 아르바이트였다. 접시만 400개 넘게 닦는 아르바이트. 정용은 토요일, 일요일 밤 9시까지 근무하고, 바로 일요일 밤 10시부터 다시 편의점 아르바이트를 시작했다.

진만은 정용이 계속 화를 풀지 않는 것이라고 생각했다.

"내가 유튜브에서 무슨 심리학과 교수가 하는 말을 들었는데, 화가 나면 그때그때 풀어야 한대. 그래야 마음의 병도 안 생기고 속병도 안 생긴대."

진만은 아예 정용 쪽으로 돌아누워 말했지만, 정용은 반응이 없었다.

"남들한테 친절하려고 노력하는 것도 병이 될 수 있고……."

진만이 거기까지 말했을 때, 정용이 휙 이불을 차고 자리에서 일어났다. 정용은 침대에 앉은 채 진만에게 말했다.

"야, 도대체 어떤 새끼가 그딴 소리 하니?"

진만은 정용의 말에 살짝 어깨를 웅크린 채 대답하지 않았다.

"그 새끼 교수 맞아? 네가 그 새끼 유튜브에 들어가서 댓글 좀 달아. 똑똑히 알고 지껄이라고."

정용은 머리를 한 번 쓸어 올리고 말을 이었다.

"너 왜 가난한 사람들이 화를 더 많이 내는 줄 알아? 왜 가난한 사람들이 울컥울컥 화내다가 사고치는 줄 아냐구!"

진만은 숨을 죽인 채 가만히 정용의 말을 듣기만 했다.

"피곤해서 그런 거야, 몸이 피곤해서……. 몸이 피곤하면 그냥 화가 나는 거라구. 안 피곤한 놈들이나 책상에 앉아서 친절도 병이 된다는 헛소리를 늘어놓는 거라구!"

성용은 그렇게 말하고 다시 침대에 누웠다. 진만은 무슨 말을 더 하려다가, 그만두었다. 정용은 지금 피곤하니까. 피곤할 때 우리가 할 수 있는 건 잠자는 것밖에 없으니까. 진만은 말없이 눈을 감았다.

천국의 가장자리

오후 3시까지 택배 상하차 아르바이트를 끝내고 자취방으로 돌아온 진만은 곧장 잠이 들었다. 다시 눈을 뜬 시간은 밤 10시. 함께 사는 정용은 편의점 아르바이트를 나갔는지 보이질 않았다. 진만은 라면을 끓여 먹을까 하다가 추리닝 바지에 점퍼만 대충 걸치고 밖으로 나갔다. 김밥천국에 갈 작정이었다. 월급을 받은 날이니까, 오랜만에 '스페셜 정식'을 먹을 생각이었다. 경양식 돈가스에 원조김밥이 함께 나오는 '스페셜 정식'은 8천 원이었다. 진만은 정용과 함께 일주일에 두세 번씩 김밥천국에서 끼니를 때우곤 했는데, 그때는 늘 짬뽕라면에 원조김밥, 떡라면에 공깃밥 하는 식이었다. 가격은 6500원.

'스페셜 정식'과는 불과 1500원 차이였지만, 그래도 주문은 늘 그렇게 했다. 그래도 오늘은 특별한 날이니까. 진만은 마음이 가벼웠다.

밤 10시를 넘긴 시간이었지만 김밥천국엔 빈자리를 찾아보기 어려울 만큼 사람들이 많았다. 두 명이 함께 온 테이블도 있었지만, 진만처럼 혼자 온 사람이 더 많았다. 양복 차림의 남자도 있었고, 교복을 입은 학생도 눈에 띄었다. 혼자 온 사람들은 모두 스마트폰을 보고 있었다. 밥을 먹거나 밥을 기다리거나, 모두 한결같은 포즈였다. 진만은 아르바이트생이 안내한 대로 야구 모자를 푹 눌러쓴 남자의 맞은편에 앉았다. 야구 모자 남자 역시 스마트폰을 들여다보고 있었다. 진만에 겐 눈길조차 주지 않았다.

예전, 진만은 산 중턱에 2층짜리 건물을 짓는 현장에서 아르바이트를 한 경험이 있었다. 카페인지 가든인지, 예스러운 기와를 올린 건물이었는데 거기에 시멘트와 모래를 나르는 일이었다. 산 중턱이어서 당연히 '함바집'이 없었다. 오전엔 간식으로 카스텔라와 우유가 나왔고, 점심은 산 아래 한솥도시락에서 '도련님 도시락'이나 '고기고기 도시락' 같은 걸 단체 배달시켜 먹었다. 단풍이 막 물들기 시작한 10월 초였지만, 오전 내내 시멘트와 모래를 나르다 보면 신발까지 땀범벅이 되었다. 머리칼과 눈썹은 시멘트가 묻어 희끗희끗하고 뻣뻣해졌다. 인부들은 손도 씻지 않고 그대로 공사 현장 바로 앞에 돗자리를 깔고 도시락을 먹었다. 진만도 인부들 틈에 끼어 밥을 먹었는데, 그게 좀 불편했다. 며칠 함께 일해서 낯이 익은 인부들은 밥을 먹으면서 계속 참견을 했다. 군대는 다녀왔냐, 고향은 어디냐, 그 김치는 남길 거냐 등등. 진만은 대답하느라 밥을 제대로 먹을 수가 없었다. 그래서 한번은 도시락을 받자마자 약수터에 갔다 온다는 핑계를 대고 건설 현장에서 조금 떨어진 등산로 옆 잘려나간 나무둥치에 앉아 혼자 밥을 먹었다. 쓸데없는 질문도 없고, 간섭도 없어서 좋았지만, 이번엔 등산객들이 문제였다. 등산객들은 힐끔힐끔 진만을 쳐다보며, 역력히 경계하는 표정을 지었다. 한 중년 여성은 고개를 푹 숙인 채 등산로를 올라오다가 진만을 발견하자마자 '에구머니나!' 소리치기도 했다. 진만은 그날 이후부턴 그냥 하던 대로 인부들과 함께 도시락을 먹었다.

야구 모자 남자가 시킨 라면이 먼저 나왔고, 곧바로 진만이 시킨 '스페셜 정식'도 같은 테이블에 놓였다. 진만이 시킨 '스페셜 정식'은 둥근 플라스틱 접시에 돈가스와 원조김밥이 함께 담겨 나왔다. 젓가락을 들고 라면을 먹으려던 야구 모자 남자가 진만 앞에 놓인 '스페셜 정식'을 흘깃 바라보았다. 그러곤 다시 후루룩 소리를 내며 라면을 먹기 시작했다. 진만은 포크와 나이프를 들고 최대한 조용하게 돈가스를 썰었다. 여기 돈가스가 이렇게 컸나. 진만은 처음으로 그게 불편하게 느껴졌다.

"거 좀 조용히 먹읍시다."

야구 모자 남자 바로 옆 테이블에 앉은 오십대 중반의 사내가 말했다. 사내는 정수리가 훤히 드러난 대머리였는데, 술을 한잔 걸쳤는지 얼굴이 불콰했다. 사내 앞에는 짬뽕라면이 놓여 있었다. 라면을 후루룩 소리 내어 먹는 게 문제였는지, 아니면 야구 모자 남자 손에 쥐어져 있던 스마트폰이 문제였는지, 그건 알 수 없었다. 다만 테이블과 테이블 사이 간격이 지나치게 좁았다는 것, 그건 명확했다. 진만은 두 사람의 얼굴을 번갈아 바라보다가 다시 조용히 원조김밥 하나를 입에 넣었다.

"에이 씨, 별 꼰대 같은 게 다……."

야구 모자 남자가 스마트폰을 내려놓으며 작게 혼잣말을 했다. 대머리 사내는 그 말을 놓치지 않고 들은 모양이었다.

"너 이 자식, 지금 뭐라고 그랬어? 어? 지금 뭐라고 그랬냐구!"

대머리 사내가 젓가락을 소리 나게 테이블 위에 내려놓으며 말했다. 그러자 야구 모자 남자도 지지 않고 젓가락을 매장 바닥에 내던지면서 일어났다. 김밥천국에 있던 모든 사람의 시선이 일제히 대머리 사내와 야구 모자 남자에게로 쏠렸다.

"이 자식이 진짜! 너 몇 살이야!"

대머리 사내가 멱살이라도 잡을 듯 야구 모자 남자에게 다가섰다. 야구 모자 남자도 물러서지 않았다.

"에이 씨발, 조용히 라면이나 처먹지 왜 지랄인데!"

"이 자식이 그래도!"

대머리 사내가 야구 모자 남자의 가슴을 툭 밀치자, 야구 모자 남자가 진만의 돈가스 그릇 바로 옆에 놓여 있던 나이프를 움켜쥐었다. 아르바이트생이 '꺅!' 새된 비명을 질렀다. 그러자 순식간에 모든 상황이 종료되었다. 대머리 사내는……마치 무슨 분신술이라도 쓰는 사람처럼, 재빠르게 매장 밖으로 도망쳤다. 야구 모자 남자는 그런 대머리 사내를 쫓지 않았는데, 그는 다시 툭 나이프를 테이블 위에 내려놓으며 혼잣말을 했을 뿐이었다.

"좆도 아닌 새끼가……."

그는 자리에 앉는 대신, 아무 일도 없었다는 듯 아르바이트생에게 라면값을 치르고 김밥천국 밖으로 빠져나갔다.

진만은 그 모든 일을 굳은 듯 지켜보았다. 야구 모자 남자가 나간 후, 사람들은 다시 아무 일 없었다는 듯 라볶이를, 비

빔밥을 먹기 시작했다. 진만 또한 자신의 '스페셜 정식'을 내려다보았다. 돈가스는 채 반도 썰지 못한 상태였다. 야구 모자 남자가 손에 쥐었던 나이프는 테이블 위에 사선 방향으로 놓여 있었다.

진만은 사람들의 눈치를 보다가 다시 그 나이프를 집어 들었다. 아무도 그를 신경 쓰지 않았다. 그는 천천히 돈가스를 썰기 시작했다.

롱 패딩 장착기

문제의 롱 패딩을 처음 본 것은 지지난 주 일요일이었다. 올해 첫 추위가 찾아왔을 때였다.

모처럼 진만도 정용도 아르바이트 비번이어서 오후 시간에 함께 대형마트에 나갔다. 자취방 창문에 붙일 방풍 테이프도 사고, 스타킹도 사고, 라면도 한 박스 사놓을 생각이었다. 말하자면 월동 준비를 하러 간 셈이었다. 무더위에 헉헉거리며 연신 찬물을 끼얹던 것이 엊그제 같은데, 통장에 입금된 아르바이트비처럼 가을은 흔적도 없이 사라져버리고 말았다.

"난 말이야, 나중에 동남아 같은 곳에서 살면서 알바하고 싶어."

"동남아?"

"거긴 그냥 다 똑같이 덥잖아. 추운 거보다야 그게 낫지."

거기라고 어디 다 똑같이 덥겠냐, 한 소리 하려다가 정용은 그만두었다. 하긴 더운 게 낫지. 자취생이나 아르바이트생에게나 여름은 고통이지만, 겨울은 그냥 공포다. 더워서 잠 못 이루는 것과 추위에 덜덜 떠는 것은 차원이 다른 일이니까. 생활비 자체가 다르게 드는 일이니까.

쇼핑 카트에 방풍 테이프와 라면을 담고, 다시 스타킹을 사려고 1층에 올라갔을 때였다.

"이거 봐. 이거 엄청 싸게 나왔는데."

진만이 마트 1층 정중앙에 마련된 특판 코너에서 검은색 롱 패딩을 보며 말했다. 정용이 슬쩍 그 옆으로 다가갔다. 작년에 사람들에게 꽤 인기를 끌던 롱 패딩인데, 그 역시 폐기된 도시락처럼 특판 코너에 나와 있었다. 가격표를 힐끔 보니

38만 원이 찍혀 있었다.

"이게 원래 58만 원짜리거든."

진만은 무슨 은밀한 거래를 하는 사람처럼 낮은 목소리로
말했다. 그러려니 하고 다시 양말 코너 쪽으로 가려 했는데,
진만이 겉옷을 벗고 롱 패딩을 걸쳐보았다.

"정말 간지 나지 않니? 이건 뭐 사람이 완전히 달라 보이는
데."

사람이 달라 보이기는 했다. 무슨 애벌레 한 마리가 검은색
잉크를 뒤집어쓴 채 좋아하고 있는 것처럼 보였다.

"나 이거 살까봐."

애벌레가 점점 간뎅이가 부어가는구나. 정용은 신경쓰지
않으려고 했다. 하지만 진만은 거울 앞에서 도통 움직이려고
하지 않았다.

"팬한 밀 밀고 빨리 스타킹이나 사러 가사."

정용은 재촉했다. 그들은 작년 겨울부터 찬바람이 불면 꼭
팬티스타킹을 사 입었다. 그게 내복보다 더 따뜻했고 또 활동
하기에도 좋았다. 자취방에서도 진만과 정용은 팬티스타킹

만 입은 채 생활하곤 했는데, 언젠가 한번 배달 온 중국집 배달원이 그들의 모습을 보고 흠칫 놀랐던 적도 있었다. 하긴, 진만과 정용 또한 서로를 보고 가끔씩 놀라기도 했으니까.

"나 진짜 이거 사려고. 이거 사면 20만 원 버는 거잖아."

20만 원을 버는 게 아니고 그 회사 재고 떨이에 네 돈 38만 원을 보태주는 거겠지. 정용은 그렇게 말하고 싶었으나, 그냥 아무런 말도 하지 않았다. 어차피 사지 못할 테니까. 38만 원은커녕 3만 원도 없을 테니까.

정용은 진만을 거울 앞에 놔둔 채 양말 코너 쪽으로 카트를 밀고 갔다. 예상대로 진만은 5분도 채 지나지 않아서 터덜터덜 정용이 있는 쪽으로 걸어왔다. 보풀이 많이 일고 남루한 코트를 걸친 채. 둘은 서로의 얼굴을 보지 않았다. 정용은 커피색 팬티스타킹을 골랐다.

그렇게 끝난 거라고 생각한 진만의 롱 패딩 타령은 하지만 그 뒤로도 계속 이어졌다.

"난 정말 이해 못 하겠는 게…… 나랑 같이 알바하는 스물

두 살짜리 남자애가 하나 있거든. 근데 퇴근할 때 보니까 걔도 비싼 롱 패딩을 입고 있는 거야. 그게 60만 원이 넘는다던데……. 버스 타면 나만 빼고 다 롱 패딩이야. 나만 빼고 다 부자인가봐."

그러니까 아예 입어보질 말지. 그런 거 한번 입어보면 나에게 있는 모든 옷들이 한순간 다 낡고 허름해 보이는 마법에 걸리는데. 그래서 매장 점원들이 그렇게 한 번만 입어보라고 권하는 건데. 정용은 진만의 말을 계속 못 들은 척했다.

"나 그냥 할부로라도 살까봐. 이젠 막 꿈에도 나와. 어제는 돌아가신 할머니가 꿈에 나왔는데, 할머니가 롱 패딩을 이렇게 입고 나를 쳐다보시는데……."

아아, 그냥 사라, 사. 정용은 이불을 휙 뒤집어썼다. 이건 뭐 중2병 아이와 함께 사는 것도 아니고, 내가 사줄 것도 아닌데. 정용은 생각하지 않으려고 했지만 계속 롱 패딩을 입은 할머니가 떠올라서 잠을 설쳤다. 나는 롱 패딩이 싫다고요! 정용은 계속 머릿속에 맴도는 할머니에게 그렇게 말하고 싶었다.

진만이 정말 롱 패딩을 산 것은 지난주 토요일이었다. 아르바이트 끝나고 돌아와 보니 진만이 자취방에서 롱 패딩을 걸쳐 입은 채 거울 앞에 서 있었다. 하지만 대형마트에서 봤던 38만 원짜리 롱 패딩은 아니었다. 색깔은 똑같은 검은색이었지만 어딘가 모르게 부실해 보였고 또 얄팍해 보였다.

"내가 지난주에 봤던 그 롱 패딩을 사려고 갔거든. 그런데 그게 마침 사이즈가 다 빠지고 없다는 거야. 그래서 그냥 오려고 했는데 마침 그 옆에서 이걸 17만 원에 팔고 있는 거야. 이거 봐봐. 지난주에 봤던 것과 디자인도 비슷하잖아? 이거 완전 득템한 거지, 득템."

진만은 그렇게 말했지만, 정용은 전혀 다른 짐작을 했다. 아마도 진만은 지난번에 봤던 그 롱 패딩 앞에서 많이 망설였으리라. 다시 입어보고 거울 앞에 설 때마다 계속 가격표만 생각났으리라. 그러다가 결국 다시 벗어놓고 돌아 나오다가 마음에 들진 않으나 훨씬 싼 저 롱 패딩을 보았으리라. 정용은 그렇게 짐작했지만 그것을 입 밖으로 꺼내진 않았다. 대신 싸게 잘 샀네, 지나가듯 툭 그 한마디만 했을 뿐이었다.

진만은 팬티스타킹에 롱 패딩을 걸친 채 "엄청 따뜻해. 이제 보일러 안 켜고 이거 입고 자면 되겠어" 그렇게 혼잣말을 했다. 그럼 나는? 정용은 묻고 싶었지만 그 말 역시 하지 않았다.

그렇게 겨울이 시작되고 있었다.

아주 못생긴 바위 하나

자취방 뒤쪽으로 재개발 중에 수년째 방치된 야트막한 야산이 있었다. 정용은 그곳을 오르다가 커다란 바위 하나가 길 한가운데를 떡하니 가로막고 있는 것을 보았다. 바위는 리어카 크기만 했는데, 절반쯤 땅속에 묻혀 있던 것이 밖으로 나왔는지 아랫부분이 검고 축축한 모습이었다.

이게 왜 여기 나와 있지?

정용은 바위 둘레를 돌아보며 괜스레 발뒤꿈치로 툭툭 윗부분을 쳐보았다. 윗부분은 제법 평평해 보였는데, 자세히 들여다보니 누군가 정 같은 것으로 계속 내리친 듯 모나고 깨진 흔적이 많았다. 그 길은 정용이 아주 가끔 마을버스 대신 걸어서 아르바이트하는 편의점까지 가는, 말하자면 지름길이었다. 평상시에는 지나다니는 사람도 별로 없고, 구청이나 다른 기관에서도 관리하지 않는 듯 산을 관통하는 작은 오솔길을 제외하고는 온통 잡풀과 빈 막걸릿병, 어디에서 날아온 것인지 알 수 없는 비닐봉지, 오래된 시멘트 포대 같은 쓰레기들이 주변에 널려 있었다. 야산의 3분의 1은 터파기 공사를 하다가 중단된 모습 그대로 방치돼 있었고, 잡풀과 소나무에는 회갈색 먼지가 고스란히 내려앉아 있었다.

정용은 잠깐 바위에 걸터앉아 담배를 피웠다. 요 며칠 영하 10도 아래로 내려가는 강추위가 대기를 메우더니 바로 그제부턴 날씨가 많이 풀리기 시작했다. 등으로 흘러내린 땀이 그다지 차갑게 느껴지진 않았다. 정용은 담배를 피우면서 어제 어머니에게서 온 문자메시지를 다시 한번 떠올렸다. 어머니는 아버지 혈압이 160까지 올라갔다며, 네가 한번 들렀으면 좋겠다는 말을 남겼다. 그 외에 다른 말은 없었다. 정용은 그 문자를 보고도 아무런 답신을 하지 않았지만, 대신 밤늦도록 잠을 설쳤다. 그러고도 다른 날보다 일찍 잠이 깼다. 그는 자취방 벽에 기대앉아 멀거니 스마트폰으로 포털 화면 메인에 나와 있는 기사들을 살펴보았다. 대형 교회에서 차명계좌 수백 개를 보유하고 있었다는 기사를 꼼꼼히 읽었다. 그는 또 포털 화면 맨 아래쪽에 배치된 어느 늙은 교수의 동영상 강의도 보았는데, 그는 유럽의 식민 지배와 제국주의가 상속받지 못한 자들의 울분을 달래기 위한 하나의 방편이었다는 말을 했다. 식민지로 떠난 사람들은 대부분 상속에서 밀려난 차남이나 서자 출신이라는 말도 덧붙였다. 정용은 그 강의를 끝까지 다 보지 않고 중간에서 멈췄다. 그는 차라리 밖으로 나가서 좀 걷고 싶다는 생각이 들었다. 아르바이트 시간까지는 아직 세 시간도 더 남아 있었다. 그는 자연스럽게 야산 쪽으로 길을 잡았다.

"이 바위, 젊은이하고 상관있소?"

반대편 길에서 올라온 한 남자가 정용 앞에 멈춰 서서 물었다. 그는 등산화에 등산 조끼, 큼지막한 배낭을 멘 차림이었는데, 얼핏 봐도 육십대 초반은 되어 보였다. 그는 손에 가죽 장갑을 끼고 있었다.

"아니요. 저는 그냥 잠깐⋯⋯"

정용이 말을 다 끝맺기도 전에 남자가 배낭을 내려놓았다.

"그럼, 내 일 좀 하리다."

남자는 배낭에서 굵고 긴 밧줄을 꺼냈다. 롤러처럼 생긴 둥근 막대도 몇 개 꺼냈는데, 대부분 쇠로 되어 있는 것 같았다. 배낭 옆에는 접이식 군용 야삽도 매달려 있었다. 정용은 바위에서 두세 걸음 떨어져 남자가 하는 일을 가만히 지켜보았다.

남자는 등산 조끼를 벗어 빈 배낭 위에 가지런히 올려놓더니, 이윽고 놀랍도록 맹렬한 속도로 야삽을 이용해 바위 아래를 파 내려갔다. 날이 풀렸다고는 하지만 땅은 여전히 단단하게 얼어붙어 있었다. 남자는 개의치 않았다. 조금씩 조금씩, 바위 아래 흙을 파 내려갔다. 흰머리가 듬성듬성 나 있는 그의 머리와 이마는 어느새 벌겋게 변해버렸다.

"이게⋯⋯ 이게 왜 여기 있는 거죠?"

정용이 같은 자리에 쪼그려 앉으며 물었다. 정용은 어쩐지 조금 미안한 마음이 들기도 했다.

"나도 모르겠소."

남자가 허리를 한 번 펴면서 말했다. 그의 목울대 근처로 퍼런 힘줄이 보였다.

"뭔 조화인지 웬 두꺼비처럼 어느 날 아침부터 여기 앉아 있었소."

남자는 배낭에서 작은 페트병 하나를 꺼냈다. 거기에는 연한 갈색을 띤 알 수 없는 물이 들어 있었는데, 그는 그것을 마셨다. 무언가 단단히 준비를 하고 나온 것 같았다.

"한데, 어르신이 이걸 왜……?"

정용이 조심스럽게 물었다.

"좋지 않소? 할 일도 없었는데……."

남자는 그렇게 말하곤 다시 야삽을 들었다. 정용은 그냥 그대로 편의점 쪽으로 내려갈까 하다가, 계속 그 자리에 서 있기로 했다. 아직 출근 시간까지 두 시간도 더 남아 있었다. 정용은 발로 쓱쓱 남자가 퍼낸 흙을 뒤쪽으로 밀어냈다.

"에헤이, 하지 마소. 젊은 사람이 뭐 한다고……."

남자는 뒤도 돌아보지 않은 채 말했다. 야산엔 정용과 남자 외엔 아무도 지나다니지 않았고, 새 한 마리 날아오지 않았다. 남자의 야삽 날이 땅속에 숨은 돌멩이와 부딪히는지 가끔씩 쇳소리가 들렸다.

　"그래도 하지 마세요. 이게 무슨……."

　정용은 남자의 뒷모습을 바라보다가 생각지도 않은 말을, 마치 웅얼거리듯 내뱉었다. 남자가 일을 멈추고 정용을 돌아보았다. 정용은 남자의 시선을 피했다.

　"이건 몇 명이 달라붙어도 어려운 일이잖아요? 괜히 힘만 뺏기고……."

　"허허, 내가 좋아서 하는 일이라고 하지 않았소. 나는 이런 걸 보면 스트레스가 쌓여서."

　남자는 사람 좋은 웃음을 지어 보인 후, 다시 땅을 팠다.

　그러니까, 그렇게 어르신 좋아서 하는 일만 하지 마시라구요! 차라리 일을 하고 돈을 버세요! 그 힘으로 다른 일을 하시라구요! 이게 뭡니까, 이게! 다른 사람 마음 불편하게 만들고…….

정용은 그렇게 남자에게 소리 지르고 싶었지만, 한마디도 하지 못했다. 대신 그는 남자 앞에 버티고 있는 바위를 계속 노려보았다. 정용은 그 바위가 먼 후대까지 이 자리에 계속 버티고 있을 것만 같았다. 젊은 사람을 슬프게 만들고, 나이 든 사람을 더 지치게 만들면서……. 정용은 몸을 돌려 반대편 길로 성큼성큼 걸어 내려갔다. 그는 단 한 번도 뒤돌아보지 않았다.

봄밤, 추심

"여기가 맞는 거 같은데……?"

진만은 손에 든 메모지를 내려다보며 말했다. 광역시 외곽에 있는 아파트 단지 정문 앞이었다. 정문 바로 옆에는 '하나로마트'와 'LH세탁소'가 불을 밝히고 있었다. 그 외 다른 상가는 모두 문이 닫혀 있었다.

"512동이라며? 바로 저기 있네, 뭐."

정용이 턱으로 한쪽을 가리켰다. 정문 경비실 뒤편, 아직 잎이 돋아나지 않은 플라타너스 가지 사이로 마치 오래된 교과서의 겉표지에 적혀 있는 듯한 숫자 '5'와 '1'과 '2'가 보였다. 가로등이 깜빡깜빡 수선을 피우며 들어오고 있었다.

진만과 정용은 512동 3, 4라인 입구 계단에 앉았다.

"얼굴도 모르고 휴대폰 번호도 모른다는 거지?"

정용이 묻자, 진만이 고개를 끄덕거렸다. 입구 계단 옆 화단에는 개나리꽃이 한창이었다. 개나리꽃 때문인지 남루하고 조용한 아파트 단지는 어쩐지 더 쓸쓸한 느낌을 자아냈다.

"그럼 누군지 어떻게 알아보려고?"

"그냥 느낌이지 뭐. 난 한번에 알아볼 수 있을 거 같은데."

진만은 믿는 구석이 있었다. 김 사장한테 꼬박꼬박 형님이라고 불렀고, 어쨌든 자기 사업을 했던 사람이니까 서른 살은 넘었을 터. 삼십대 중반의 남자. 전직 돈가스 전문집 사장 최현수 씨.

진만은 1년 전 한 출장 뷔페 전문점에서 아르바이트한 적이 있었는데, 그때 미처 받지 못한 임금이 있었다. 열하루 치일당에 추가근무수당까지 총 76만 8천 원. 그를 고용했던 김 사장은 매일 일이 끝나면 남은 음식을 플라스틱 용기에 담아아르바이트생 한 명 한 명의 손에 쥐여줬던 사람이었다. 진만은 그곳에서 6개월가량 일했는데, 일당도 밀리는 법이 없었고, 추가 근무에 대한 수당도 정확했다. 어느 고등학교 동문회 모임에서 만난 진상 고객(술에 취한 채 아르바이트생에게 계속 자기네 교가를 부르라고 했다)도 김 사장이 나서서 말려주었다.

문제는 마지막 한 달이었다. 김 사장이 아닌 방 실장이라는 사람이 대신 전화를 걸어와 아르바이트 스케줄을 잡더니, 어느 날 그마저도 끊기고 말았다. 김 사장의 전화는 계속 꺼져 있는 상태였고, 찾아가본 사무실도 문이 굳게 잠겨 있었다.

에이 씨, 좋은 사람인 줄 알았는데……. 진만은 지방 고용노동청에 신고해야 하나 말아야 하나, 망설였다. 다른 사람 같았으면 주저하지 않았을 텐데, 김 사장은 좀 아니었다. 어쨌든 6개월 동안 한 번도 이런 일이 없었으니까.

그리고 진만의 마음처럼 한 달 정도 지난 뒤 메일 한 통이 도착했다.

진만아, 내가 피치 못할 사정이 생겨서 말없이 떠나왔거든. 내가 너 밀린 임금하고 계좌번호 알고 있으니까, 빠른 시간 안에 해결해줄게. 정말 미안해.

진만은 김 사장의 말을 믿었다. 그러나 그로부터 6개월, 8개월이 넘도록 진만의 계좌에는 아무런 돈도 입금되지 않았다. 이건 그냥 내가 고소할까봐 시간을 끄는 것은 아닐까? 진만에게 76만 8천 원은 큰돈이었다. 원룸 월세 두 달 치가 넘는 돈이었다. 월말이 되면 진만은 늘 그 돈을 생각했다.

그리고 지난 주말, 김 사장에게서 다시 메일이 도착했다.

여기 이 주소로 가면 최현수라고, 돈가스 전문점 하던 친구가 살고 있을 거야. 나한테 300만 원 정도 줄 돈이 있는데, 거기에서 85만 원을 너한테 먼저 주라고 그랬어. 그 친구도 갑자기 가게를 접는 바람에 연락이 계속 안 닿았거든. 엊그제 연락이 닿아서 너 애기해놨으니까 가면 돈을 줄 거야. 늦어서 미안하다, 진만아.

"근데 왜 나까지 데리고 온 거야? 너 혼자 받으면 되지."

정용이 조금 짜증 난 목소리로 물었다.

"지난달에 네가 방값 10만 원 더 냈잖아. 그거 그냥 바로 주려고."

"이건 뭐…… 다 물고 물려 있구나."

최현수 씨는 밤 8시가 넘어도 돌아오지 않았다. 그동안 3, 4라인으로 들어간 사람은 초등학생 아이 두 명이 전부였다. 진만과 정용은 스마트폰으로 프로야구 경기를 보면서 최현수 씨를 기다렸다. 봄밤이었지만, 허벅지 아래로 계속 한기가 느껴졌다.

밤 9시쯤, 택배 트럭 한 대가 주차장에 섰다. H택배 유니폼 조끼를 입은 남자가 조수석에 잠들어 있던 남자아이를 업고 내리는 것이 보였다. 남자아이는 유치원 가방을 메고 있었다. 진만은 그가 최현수 씨라는 것을 단박에 알아봤다.

"저기, 김성오 사장님이 찾아가보라고 해서 왔는데……"

최현수 씨는 잠깐 진만과 정용을 번갈아 쳐다보더니 푹, 한

숨을 내쉬었다. 그에게선 짙은 땀 냄새가 났다. 그의 등 뒤에 업혀 있던 아이가 눈을 떴다.

"주말쯤 오실 줄 알았는데…… 일단 저쪽으로 가시죠."

최현수 씨는 아파트 정문 쪽으로 걸어갔다. 아이가 "아빠, 누구야?"라고 물었지만, 그는 대답하지 않았다. 진만과 정용은 느릿느릿 그의 뒤를 따라 걸었다. 아이 때문에…… 진만은 어쩐지 자기가 무슨 큰 잘못을 저지른 것만 같았다.

하나로마트 옆 ATM기에 들어갔다 나온 최현수 씨는 진만에게 은행 봉투를 내밀었다.

"그게 80만 원이거든요. 5만 원은 계좌번호를 적어주시면 다음 주에 바로 보내드릴게요."

최현수 씨가 그렇게 말하는 동안에도 아이는 계속 진만을 쳐다보았다. 정용이 툭, 진만의 옆구리를 쳤다.

"아, 아닌데…… 뭔가 착오가 있나봐요. 제가 받을 돈은 정확히 76만 8천 원이거든요."

진만은 봉투에서 만 원짜리 세 장을 꺼내 최현수 씨에게 내밀었다. 2천 원은 따로 자신의 지갑에서 꺼내 맞췄다. 그러곤 정용과 함께 꾸벅 허리를 숙여 인사하고 뒤돌아섰다.

진만은 생각했다. 왜 없는 사람끼리 서로 받아내려고 애쓰는가? 왜 없는 사람끼리만 서로 물고 물려 있는가? 우리가 뭐 뱀인가?

진만은 몇 걸음 걸어가다가 말고 다시 최현수 씨 쪽으로 걸어갔다. 그러곤 봉투에서 만 원짜리 한 장을 꺼내 아이 손에 쥐여주었다.

"아니, 저기……."

최현수 씨가 무슨 말을 더 하려고 했지만, 진만은 제대로 듣지 않았다. 그는 마치 도루를 감행하는 프로야구 선수처럼, 쏜살같이 정용 쪽으로 뛰어갔다.

네 이웃의 불행

진만은 자취방으로 돌아오다가 한 남자를 보았다.

남자는 삼십대 초반쯤 되어 보였는데, 검은색 항공 점퍼에
색 바랜 청바지를 입고 있었다. 가르마를 타지 않고 얌전히
아래로 내린 머리카락은 눈썹을 다 가리고 있었고, 입술 바
로 위쪽엔 무언가에 베인 듯한 상처가 나 있었다. 전체적으로
마른 체형이었고, 키도 그리 크지 않았다. 인상적이었던 것은
하얀색 손수건을 손목에 마치 팔찌처럼 묶고 있었다는 점이
다. 남자가 담배를 피우거나 휴대폰을 귀에 델 때 그 손수건
이 도드라져 보였다.

진만은 그 남자 이야기를 정용에게 꺼냈다.

"좀 이상하더라고…… 인상도 안 좋고."

"뭐 볼일이 있나 보지. 우리 동네에 사람이 좀 많이 사냐?"

정용은 누워서 휴대폰으로 프로야구 하이라이트를 보면서 말했다. 그 말이 맞긴 했다. 원룸촌이 있고 임대아파트 단지가 있고, 또 걸어서 5분 거리에 커다란 가구 공장 단지도 있으니까. 아침 출근길, 버스 정류장에 나가 보면 낯선 얼굴들이 마치 주차장에 깔아놓은 조약돌들처럼 다닥다닥 한곳을 보고 서 있었다. 한데 신기하게도 밤에는 그 많은 사람이 다 외박을 하나 싶게 동네가 조용했다. 진만이 어렸을 땐 무슨 돌림노래처럼 하루건너 한 번씩 이웃집에서 악다구니가 들려왔다. 유리컵이 깨지는 소리, 누군가 서럽게 우는 소리, 또 그 사람들을 말리는 목소리도 들렸다. 하지만 이젠 그런 소리는 들리지 않았다. 싸울 사람이 있어야 싸우지. 정용은 툭 그런 말을 했다. 요샌 부부도 카톡으로 싸운대. 이쪽 방 저쪽 방 각각 떨어져서. 그게 더 깔끔하긴 하지.

"아니 볼일이 있는 거 같진 않고……. 계속 같은 자리에 같은 자세로 서 있더라고. 그것도 사흘 연속."

"별게 다 이상하네. 신경 꺼. 사람들은 네가 더 이상해 보일
거야."

"내가? 내가 뭐가 어때서?"

"너 맨날 빈 페트병 들고 동사무소 간다며? 거기 정수기 물
받으러."

"아니, 그건 그냥 거기가 편의점보다 더 가까우니까……."

"구질구질하게. 거기가 무슨 약수터냐? 동사무소 직원들
은 그럼 다람쥐냐?"

진만은 더 이상 말을 꺼내지 않았다.

다음 날 진만은 집으로 돌아오다가 다시 그 남자와 마주쳤
다. 하지만 이번엔 다른 날과 사정이 좀 달랐다. 남자는 늘 있
던 곳이 아닌, 한 원룸 건물 앞에 서 있었다. 그는 2층 불 꺼진
유리창을 노려보면서 입 모양만으로, 소리는 전혀 내지 않은
채, 계속 욕을 하고 있었다.

"씨발년아!"

그는 분명 그렇게 욕했다. 한 손으로 무언가 집어 던지는 시늉을 하기도 했고, 허공에 발길질을 하기도 했다. 진만만 남자를 본 것은 아니었다. 그 길을 지나가는 사람들 모두 보았으나, 남자는 행동을 멈추지 않았다. 사람들은 그런 남자를 보고 아무렇지 않은 척 고개를 숙이고 가던 길을 갔다.

아이 씨, 어쩌지…….

진만은 기분이 이상했다. 오늘 처음 남자를 봤다면 아무렇지 않게, 남들처럼 그냥 지나쳤을지도 모르지만 벌써 네 번째였다. 마치 자신이 세상에 딱 한 명 존재하는 목격자처럼 여겨졌다. 진만은 일부러 발길을 돌려 남자의 앞을 다시 한번 지나쳤다. 남자는 여전히 2층 유리창을 바라보고 있었다. 진만은 골목길 코너를 돌자마자 휴대폰을 꺼내 112를 눌렀다.

"그러니까 선생님 말씀은 지금 어떤 남자가 원룸 건물 앞에서 욕을 하고 있다는 거죠?"

"아니, 소리를 내진 않는데요. 분명히 욕은 맞고요, 발길질도 하고 있어요."

"발길질이요? 지나가는 사람한테요?"

"아니요. 지나가는 사람은 아니고 2층에 대고요."

112는 잠시 침묵을 지켰다.

"그러니까 욕을 하긴 하는데 소리는 안 나고, 발길질을 하긴 하는데 사람한테 하는 건 아니란 말씀이시죠?"

"네……."

"그럼 뭐가 문제인 거죠? 선생님이나 다른 사람이 피해 본게 있으신가요?"

이번엔 진만이 침묵을 지켰다. 달리 할 말이 없었기 때문이다.

"일단 저희 관할 경찰에게 순찰을 돌아보라고 연락하겠습니다. 그럼 되겠죠?"

통화는 그것으로 끝났다.

진만은 순찰차가 올 때까지 남자에게서 조금 멀찍이 떨어진 곳에 서 있었다. 남자는 이제 휴대폰으로 누군가에게 계속 전화를 걸고 있었다. 저러다 말겠지. 뭐 다른 사람한테 피해를 주는 건 아니니까. 진만은 그냥 자취방으로 돌아갈 마음을 먹었다. 때마침 진만이 있는 골목길로 순찰차 한 대가 천천히 다가오는 것이 보였다. 이제 됐네. 진만이 혼잣말을 하고 돌아서려는 순간, 남자가 또다시 이상한 반응을 보였다. 남자는 순찰차의 경광등이 보이자마자 골목길에 주차되어 있던 트럭 아래로 몸을 숨겼다. 진만은 그 모습을 똑똑히 보았다. 순찰차에 탄 경찰들은 차에서 내리지 않은 채 천천히 주변을 살피고 있었다. 진만이 순찰차 쪽으로 다가가서 그 사람이 저 밑에, 저 트럭 아래 몸을 숨겼어요, 말을 하면 됐지만, 그러자면 그 남자에게 들킬 것만 같았다. 남들에겐 아무 피해도 입히지 않고 허공에 발길질을 한 남자에게……. 진만은 망설였다. 그리고 그 망설임이 끝나기도 전에 순찰차는 천천히 골목길을 벗어났다. 남자가 트럭 아래에서 기어 나와 툭툭, 아무렇지도 않게 바지를 터는 모습이 보였다.

그다음 날 오후, 진만은 물류 창고로 출근하기 위해 길을 나섰다가 사람들이 웅성거리며 모여 있는 모습을 보았다. 진만이 종종 들르던 편의점 앞이었다. 그 출입문 앞에 폴리스라인이 쳐져 있었다.

"에고, 세상에 끔찍해라. 알바생이 뭔 죄가 있다고……."

한 중년 여자가 옆에 있는 남자에게 말했다.

"그 시간에 알바한 게 죄지 뭐."

남자는 짧게 말했다. 진만은 어젯밤 남자를 떠올렸으나 애써 다른 생각을 하려 했다. 이곳은 그 남자가 있던 원룸 건물과 떨어진 곳이니까, 그 남자는 거기에 볼일이 있었으니까.

"손수건으로 그랬다면서요?"

"그걸로 다짜고짜 목을……."

"에고, 참……."

두 사람은 까치발을 든 채 계속 편의점을 바라보면서 그렇게 말했다. 진만도 최대한 까치발을 높이 들었다.

창작자의 길

진만과 정용이 입주해 있는 원룸 건물에는 외국인노동자도 살고 있고, 공무원시험 준비생도 거주하고 있고, 초등학생 남매를 둔 일가족도 주소지를 두고 있지만, 그래도 가장 많이 눈에 띄는 사람들은 환갑을 훌쩍 넘긴 독거노인들이었다.

매일 빈 유아차를 밀고 나오는 할머니가 있었고, 복도에 퉤퉤, 아무렇지 않게 가래침을 뱉는 할아버지도 많았다. 여름밤, 늦게 퇴근해서 돌아오다 보면 비슷비슷한 할머니, 할아버지들이 원룸 중앙 현관 앞 계단에 신문지를 깔고 앉아 말없이 부채질을 하고 있는 모습을 자주 볼 수 있었다. 새벽 4시 30분 무렵 불이 켜지는 방은 여지없이 그 할머니, 할아버지들의 방이었다.

　진만은 원룸 건물에 살고 있는 한 할아버지와 인사를 하고
지냈다. 올해 일흔네 살이 된 황화수 할아버지였는데, 늘 알
록달록한 추리닝을 입고 다녔다. 숱이 많은 흰 눈썹과 머리카
락이 모두 빠져 반들반들한 이마와 정수리, 거기에 항상 끼고
있는 흰 목장갑까지. 진만은 한 번도 물어본 적 없었지만 할
아버지가 젊은 시절 부모 속깨나 썩였겠구나, 생각한 적은 있
었다. 진만은 황화수 할아버지와 원룸 문고리를 고치다가 알
게 되었다.

　진만과 정용이 사는 원룸은 그 흔한 도어록 없이 열쇠로
문을 잠그고 여는 구조였는데, 어느 날 문고리 안에 들어간
열쇠가 그만 부러지고 말았다. 그리 힘을 준 것도 아니고, 맞
지 않는 열쇠를 억지로 밀어 넣은 것도 아닌데, 마치 나무젓
가락이 부러지듯 툭 그렇게 되어버렸다. 진만은 난감한 심정
이 되어 멀거니 문고리를 내려다보았다. 편의점 아르바이트

를 하는 정용에게 갔다 올까? 하지만 그것도 별 소용이 없을 것 같았다. 부러진 열쇠가 문고리 안에 있으니……. 진만은 원룸 건물 밖에서 주먹만 한 돌멩이를 주워와 툭툭 그것으로 문고리를 내리치기 시작했다. 어차피 이렇게 된 거 아예 문고리를 다 떼어내고 교체하는 게 빠를 거 같았다. 한참을 그렇게 문고리를 내리치고 있을 때, 문제의 황화수 할아버지가 복도에 나타났다. 황화수 할아버지는 가만히 진만의 모습을 바라보다가 어디론가 사라졌다. 그러곤 채 5분도 지나지 않아 전동드릴을 들고 다시 진만 앞에 나타났다.

"교체할 거지?"

황화수 할아버지는 전동드릴의 스크루를 갈아 끼우면서 물었다. 진만은 얼떨결에 고개를 끄덕이고 말았다.

"2만 원이야. 문고리 값은 별도고."

그날 이후 알게 된 사실이지만, 황화수 할아버지는 그런 식으로 생활비의 일부를 충당하고 있었다. 원룸 건물뿐만 아니라 동네를 돌아다니면서 문짝을 고쳐주거나 부러진 식탁 다리를 다시 이어주거나 망가진 센서 등을 손봐주는 일을 했다.

언제나 일의 착수가 먼저였고, 돈은 그 후에 받았다. 황화수 할아버지는 일흔넷이라는 나이가 무색하게 팔뚝 위엔 힘줄이 선명했다.

하지만 황화수 할아버지의 진짜 정체는 다른 데 있었다. 진만은 그것을 불과 며칠 전에 알게 되었다. 일을 마치고 원룸 건물로 들어서는 진만을 황화수 할아버지가 불러 세웠다.

"자네, 지금 바쁜가?"

황화수 할아버지는 전동드릴을 들고 나타났을 때와는 다르게 어쩐지 조금 쑥스러운 표정으로 물었다. 바쁘지 않으면 이번엔 자기를 좀 도와달라고 했다. 진만은 잠시 망설였다. 바쁘진 않았지만 몸이 피곤했다. 하지만 또 같은 원룸 건물에 살면서 계속 얼굴을 맞부딪혀야 하는 사이인데⋯⋯. 진만은 차마 거절할 수가 없었다. 진만은 황화수 할아버지를 따라 302호로 갔다. 그곳이 황화수 할아버지가 혼자 사는 방이었다.

"이건 자네만 알고 있게."

황화수 할아버지는 현관에 길게 드리워진 암막 커튼을 걷으며 조용한 목소리로 말했다. 암막 커튼을 걷자 드러난 황화수 할아버지의 방 한가운데엔 원목 탁자와 의자가 덩그러니 놓여 있었다. 그리고 작은 마이크와 조명 장치까지.

"사실 나 유튜버야. 크리에이터지."

황화수 할아버지는 그렇게 말하곤 옷장 앞으로 성큼성큼 다가갔다. 그러곤 이내 스님들이나 입는 장삼으로 갈아입었다.

'화수 거사의 정국 진단'.

그것이 황화수 할아버지가 운영하는 유튜브 채널의 이름이라고 했다. 장삼으로 갈아입은 황화수 할아버지는 원목 탁자 뒤 의자에 앉았다. 탁자 옆에는 낡은 소형 오디오가 한 대 있었는데, 전원을 넣자 「반야심경」이 낮게 흘러나왔다.

그날, 진만은 황화수 할아버지가 방송을 하는 내내 전선으로만 이어진 백열등을 들고 스마트폰 바로 뒤에 서 있어야만 했다. 오늘 내로 업로드를 해야 하는데, 조명 장치가 갑자기 말썽을 부려 급하게 부탁을 한 것이라고 했다. 황화수 할아버지는 진만에게 자신의 흰 목장갑을 벗어주었다.

황화수 할아버지는, 아니 화수 거사는 방송 내내 이런 식의 말을 했다.

"5월은 사월 초파일 부처님 오신 날이 있는 달이지요. 생사와 인과가 끊임없이 윤회하고 한 모양으로 머물러 있지 않은 법인데, 그런데도 5월은 항상 같은 고통을 우리 중생에게 안겨주는 달이기도 합니다. 바로 종합소득세를 내야 하는 달이지요. 이곳저곳에서 우리 중생들이 세금 폭탄을 맞고 신음을 하는 모습을 자주 목격하고 있습니다. 이게 다 누구 때문입니까! 이게 다!"

화수 거사는 계속 원목 탁자를 주먹으로 쾅쾅 내리치면서 말했다. 그 때문에 배경음악으로 틀어놓은 「반야심경」은 제대로 들리지도 않았다.

화수 거사는 한 시간 가까이 계속 그렇게 화를 내다가 마지막 멘트를 했다.

"우주 삼라만상 어느 것 하나도 관계를 떠나선 존재할 수 없는 법입니다. 그러니 중생들이여, 좋아요와 구독은 필수라는 거, 그거 잊지 마시길 바라옵나이다. 나무관세음보살."

화수 거사는 스마트폰을 보며 합장을 했다. 진만은 백열등을 든 채 슬쩍 스마트폰을 바라보았다. '화수 거사의 정국진단'의 이전 방송 조회수는 '22'였다. 진만은 화수 거사가, 아니 황화수 할아버지가 어서 정신을 차리길, 마음속으로 슬쩍 바라보았다.

황토에서 나온 것

"너희 절대 웃으면 안 된다, 알았지?"

조의금을 내고 방명록에 이름을 적던 진만과 정용에게 접수대 뒤에 앉아 있던 영걸이 마치 은밀한 지령이라도 전달하듯 말했다.

영걸은 진만과 정용의 대학 동기였다. 대학교에 다닐 땐 함께 피시방도 다니고 축구도 하면서 꽤 친하게 지냈는데, 졸업이후 연락이 뜸했다. 전해 들은 말로는 큰아버지가 운영하는 경기도 어디 의류 상가에서 일한다더니, 그래서 그런지 입고 있는 와이셔츠도, 양복도 말끔해 보였다. 비록 장례식장 접수대 뒤에 앉아 있었지만 어쩐지 대기업에 다니는 회사원처럼 보이기도 했다. 정용과 진만은 늘 입고 다니는 하얀 면티에 청바지 차림이었다.

"뭔 소리야?"

정용이 퉁명스럽게 물었다. 하지만 그들 뒤로 바로 다른 조문객 두 명이 들어오는 바람에 제대로 된 대답을 듣지 못했다.

"그냥 빨리 절만 하고 나오라고."

진만과 정용의 대학 동기인 형수의 아버지가 돌아가셨다는 연락을 받은 것은 어젯밤의 일이었다. 형수는 대학교 3학년 때부터 기숙사 룸메이트로 2년 가까운 시간을 진만, 정용과 함께 보낸 친구였다.

전남 무안에서 양파 농사를 짓는 집의 장남이자 대형 특수 농기계 자격증 보유자이기도 했던 그는, 손재주가 좋았다. 빨래 건조대를 천장에 거꾸로 매달아 책상 뒤편을 말끔하게 정리한 것도 그였고, 진만이 부러뜨린 이층 침대 원목 사다리를 사감이 보기 전에 멀쩡하게 수리해낸 것도 형수였다. 기숙사 내에 그의 손재주에 대한 소문이 자자하게 퍼져 문고리가 망가지거나 세탁기 호스가 빠졌을 때마다 "오공! 오공!" 어김없이 그를 찾는 목소리가 들려오곤 했다. 그는 때 이른 탈모 증상으로 인해 옆머리를 최대한 가운데로 끌어 모으는 헤어 스타일을 고수했는데, 그 모습이 마치 만화 속 손오공의 모습을 빼닮았고, 그것이 그대로 그의 별명이 되었다. 진만과 정용은 '오공' 대신 '햇양파'라고 불렀는데, 그거나 이거나, 별 차이가 없어 보였기 때문이었다.

형수는 졸업하자마자 바로 고향인 무안으로 내려갔다. 기숙사에서 같이 술을 마실 때도 몇 차례 자신이 경영학을 전공한 것은 양파 협동조합 운영에 도움이 될까 싶어 그런 거라고 말한 바 있었다. 그는 자신의 고향인 무안의 특별한 황토에 대해서 여러 번 얘기했었고, 그 땅에서 나는 양파에 대단한 자부심을 지니고 있었다. 진만과 정용은 그럴 때마다 말없이 안주로 사 온 양파링만 깨지락깨지락 먹었다. 이거야 원, 황토 안 깔린 고향에서 자란 사람 서러워서 살겠나. 그런 마음이 들다가도 또 한편 해야 할 일이 확실한 그가 부럽기도 했다. 양파

든 부추든 미나리든 어쨌든 무언가 정해져 있었으니까.

사실 진만과 정용은 장례식장에 오기 전 조의금 문제 때문에 잠깐 말다툼을 벌이기도 했다. 정용은 그래도 10만 원은 해야 한다고 말했고, 진만은 5만 원이면 충분하다고 말했다. 그럼 너는 5만 원 하고 나는 10만 원 하면 되겠네. 정용이 말하자 진만이 바로 발끈했다. 그럼 나는 뭐가 되냐, 뭐 누구는 10만 원 하고 싶은 마음이 없어서 이러는 줄 아느냐. 목소리까지 높이며 화를 냈다. 그래도 우리가 개한테 얻어 마신 양파즙이 얼마인데, 라고 정용이 말끝을 흐리자, 상황이 그렇잖아, 상황이, 하면서 진만이 더 크게 씩씩거렸다. 결국 그들은 조의금 봉투에 5만 원씩만 넣었다.

신발을 벗고 빈소 안으로 들어가 남들 다 하는 것처럼 향을 피우다가 진만과 정용은 슬쩍 형수의 아버지, 그러니까 돌아가신 고인의 영정을 한번 올려다보았다. 그리고 그 순간 진만은 저도 모르게 흡, 안간힘을 다해 숨을 참았는데, 그러지 않고선 곧바로 웃음이 터져 나올 것 같았기 때문이었다.

　처음 보는 형수의 아버지는, 그러니까 고인이 된 구석민 어르신은, 형수와 똑같은 헤어스타일을 하고 있었는데, 다만 머리카락만 하얗게 셌을 뿐이었다. 평생을 양파 농사를 지은 분답게 영정 속 고인의 피부는 벌겋게 그을려 있었다. 그러니…… 아아, 그렇게 생각하면 안 되는데, 그러면 안 되는데도…… 자꾸만 형수의 별명인 '햇양파'가 떠올랐던 것이다. 참아야 한다, 참아야 한다, 여기서 웃는다는 것은 말도 안 된다, 진만은 어금니를 꽉 깨문 채 종아리에 힘을 주었다. 절을 하려고 섰는데 저도 모르게 상체가 부르르 떨리기까지 했다. 정용도 진만과 마찬가지로 숨을 참고 있는지 목과 이마가 시뻘겋게 달아올라 있었다. 그들은 천천히 절을 하기 시작했다. 삼육구, 삼육구, 일, 이, 짝! 진만은 계속 속으로 다른 생각을 하려고 애썼다. 칠레 수도는 산티아고, 콜롬비아 수도는 보고타, 대한민국 양파의 수도는 무안, 무안에서 나오는 햇양파……. 아니다, 아니다, 참아야 한다……. 진만은 겨우 두 번 절을 올렸는데 그사이 귀밑머리 아래로 땀이 줄줄 흘러내렸다. 그래도 다행히 웃음을 터뜨리지 않고 잘 참았는데…… 형수와 맞절을 하다가 그만…… 그 자리에 그대로 엎드려 품, 하고 소리를 내고 말았다. 형수 아버지 때문이 아니었다. 상주인 형수의 머리가, 아마도 며칠 제대로 감지도 못한 게 뻔한 형수의 가운데 머리카락이, 더 뾰족하게 하늘로 솟아 있었기 때문이었다.

"와줘서 고맙다."

육개장을 먹고 주차장에 나와 담배를 피우고 있을 때 형수가 따라 나와 인사를 했다. 조의금을 받던 영걸도 따라 나왔다.

"네가 더 나빠, 이 새끼야!"

진만이 영걸의 배를 주먹으로 툭 쳤다. 자기가 웃음을 참지 못한 게 다 영걸 때문인 거 같았다.

"양팟값 많이 떨어졌다며?"

정용이 걱정스러운 목소리로 물었다.

"뭐, 몇 해 걸러 한 번씩 꼭 그래."

형수가 씁쓸한 목소리로 말했다. 그러니, 진만은 자신이 더 큰 실수를 한 것만 같았다. 그들은 말없이 담배를 피웠다.

"힘내, 햇양파."

이번엔 진만이 웃지 않고 말했다.

"그 좋은 황토, 어디 가겠냐?"

형수가 진만을 보며 슬쩍 웃었다. 형수의 나이는 올해 스물여덟이었다.

사람과 사람이 만나는 일

　진만과 정용이 사는 원룸촌에서 10분쯤 골목길을 내려가
면 그제야 큰 도로가 나오는데, 한 달 전쯤 그곳 버스 정류장
앞 상가에 새로 '아이스크림 할인점'이라는 곳이 생겼다. 편
의점에서 천 원, 2천 원 하는 아이스크림을 400원, 800원으로
50퍼센트 넘게 할인해주는 집이었다. 24시간 영업을 했으며,
밤 10시부터 다음 날 오전 10시까지는 아르바이트생도, 주인
도 없는 무인점포로 운영되었다. 그 시간엔 손님이 직접 자신
이 고른 아이스크림을 점포 한쪽에 놓인 셀프 계산대로 들고
가, 바코드에 찍고 카드를 긁어야 했다. 그 때문인지 몰라도
점포의 규모에 비해 CCTV가 많이 설치되어 있었다. 셀프 계

산대 앞에는 사람의 움직임을 감지하는 '모션 CCTV'까지 작동되고 있었다.

 진만은 말하자면 '메가톤바' 마니아였는데, 날씨가 후텁지근해지는 6월부터 9월까지 거의 '1일 1메가톤바'를 실천하곤 했다. 아이스크림이지만, 꾸덕꾸덕하고 쫄깃한 식감까지 나는 그 아이스크림을 진만은 사랑했다. 참고로 그는 좋아하는 아이스크림의 종류에 따라 그 사람이 어떤 사람인지 가늠하는 버릇까지 있었다. 예를 들자면 '메로나'나 '서주아이스주'를 좋아하는 사람은 담백한 사람이라고 생각했고, '돼지바'를 선호하는 사람은 겉과 속이 다른 사람으로, '죠스바'를 고르는 사람은 가장 경계해야 하는 사람으로 생각했다. '메가톤바'를 택하는 사람은 당연히 믿고 의지할 수 있는 사람이었다. 도대체 그건 무슨 근거냐고, 정용이 묻자 진만은 이렇게 대답했다.

 "더운데 자꾸 따지지 좀 마."

진만은 보름 전부터 새로 설거지 아르바이트를 시작했다. 대형 프랜차이즈 삼계탕집에서 오후 4시부터 밤 10시까지 근무하는 아르바이트였는데, 일당이 9만 원으로 다른 곳에 비해서 꽤 괜찮았다. 설거지야 뭐 다른 기술이 필요한 게 아니니까, 하는 마음으로 덜컥 시작했는데, 첫날부터 그는 아, 이곳이 과연 주방인가, 벽돌 공장인가, 그도 아니면 그냥 개미지옥인가, 아득해지는 정신을 부여잡으려 노력해야만 했다. 그도 그럴 것이 잠시도 쉴 틈 없이 검은 벽돌 같은 뚝배기들이 눈앞으로 밀려들어왔기 때문이다. 아무 기술 없이 하는 것은 맞았지만, 대신 허리가, 팔뚝이, 끊어질 듯 당겨왔다. 얼굴에선 연신 마치 얼음을 가득 담아놓은 컵처럼 저절로 땀이 흘러내렸다. 홀에서 나온 그릇들을 1차 초벌 설거지한 후 식기세척기에 넣고, 다시 꺼내 재차 헹군 뒤 정리하는 것이 일의 순서였다. 진만은 천안 출신의 한 오십대 아주머니와 2인 1조로 일했는데, 첫날부터 손발이 잘 안 맞았다. 진만이 초벌 설거지를 하고 식기세척기에 넣는 일까지 하면 그 나머지가 아주머니의 몫이었다. 하지만 아주머니의 속도가 자꾸 떨어졌다. 뚝배기를 바로바로 홀로 내보내야 하는데 지체가 생기니, 지배인의 목소리가 점점 더 날카로워졌다. 어쩔 수 없이 진만이 아주머니의 일까지 도울 수밖에 없었다. 아니, 아주머니, 왜 이런 일을 하세요? 아무리 일당이 좋아도 그렇죠, 이러다가 아주머니 쓰러져요……. 진만은 그 말을 하고 싶었으나, 차마 꺼낼 순 없었다. 아주머니가 이마에 땀까지 뻘뻘 흘려가며 열심히 일했기 때문이다. 사실 말할 기분도, 여유도 없었다. 복날 시즌이었기 때문이다.

하루하루 시간이 지나도 그런 상태는 더 나아지지 않았다. 진만은 더 예민해져갔고, 아주머니 때문에 자신이 무언가 큰 손해를 보는 듯한 기분마저 들었다. 아주머니 대신 식기세척기에서 뚝배기를 꺼낼 때도 그랬고, 시간 내 마무리를 하지 못해 퇴근 시간이 일이십 분 늦어질 때도 그랬다. 진만은 노골적으로 인상을 쓴 채 아주머니를 바라볼 때도 많았다. 내가 왜? 내가 왜 이 아주머니 때문에 스트레스를 받아야 하지? 몸도 힘들어 죽겠는데……. 진만은 더 뾰족해져갔다.

사흘 전, 함께 퇴근하던 아주머니는 굳이 마다하는 진만을 데리고 편의점으로 들어갔다. 그리고 그곳에서 진만에게 이온음료 하나를 건네주면서 말했다.

"아주머니 때문에 많이 힘들지? 미안해. 파스도 이렇게 많이 붙였는데, 아직 일이 손에 안 붙네."

아주머니는 그러면서 군대에 가 있는 자신의 아들 이야기를 했다. 진만을 보니까 꼭 아들과 함께 일하는 것 같다고, 든든하다는 말도 덧붙였다. 진만은 아주머니의 말을 묵묵히 듣고만 있었다. 그러니까 아주머니, 왜 아들 같은 사람을 이렇게 고생시키냐고요. 진만은 속으로 그렇게 생각했다. 더불어 자신이 이틀 전, 홀 지배인을 따로 만나 아주머니에 대해서 이야기한 것을 떠올렸다. 아주머니가 일이 많이 벅차 보여요…… 저러다가 무슨 사고라도 날까봐…… 홀 서빙이 차라리 나을 텐데……. 진만은 홀 지배인에게 먼저 그렇게 말을 꺼냈다.

바로 어제부터 진만은 자신보다 네 살 어린 남자 대학생과

2인 1조로 일하기 시작했다. 휴학 중이라는 그 친구는 키는
좀 작았지만, 전반적으로 몸이 탄탄해 보였다. 그래서 그런지
일 처리도 빨랐다. 한꺼번에 뚝배기 열 개를 번쩍번쩍 들어
나르기도 했다. 이거 근육 좀 붙겠는걸요. 그 친구는 그렇게
말하면서 웃는 여유까지 보였다. 진만은 설거지하는 도중 힐
끔힐끔 홀을 쳐다보았다. 아주머니의 모습을 찾아보았지만,
그곳에서도 아주머니의 모습은 보이지 않았다. 진만은 아무
렇지도 않았다. 몸은 더 편해졌는데, 뭘. 진만은 자꾸 그 생각
을 반복해서 했다.

집으로 돌아오는 길, 진만은 '아이스크림 할인점'에 들러
'메가톤바'를 사 먹었다. 밤인데도 날이 무더워, 매장 안 의자
에 앉아 천천히 '메가톤바'를 한 입 한 입 베어 물었다. 사람
한 명 없이 아이스크림만 잔뜩 쌓인 매장 안은 밝고 쾌적해
보였다. 사람이 없으니까, 무인이니까……. 진만은 그제야 이
곳의 '메가톤바'가 왜 다른 곳보다 싼지 깨닫게 되었다. 사람
과 사람이 만나지 않으면 가격은 내려가는 거구나……. 진만

은 계속 '메가톤바'를 우물거리면서 생각했다. 근데, 그게 과연 좋은 건가? 진만은 거기에 대해선 쉽게 답을 내리지 못했다. '메가톤바'는 평상시보다 꾸덕꾸덕한 맛이 덜했다.

할아버지의 기억법

　진만은 집 안 분위기가 어딘가 모르게 바뀌었다는 것을 느
꼈다. 가구도, 벽지도 그대로였는데, 그런데도 그 느낌을 지
울 길 없었다. 뭐지? 진만은 마치 마감 후 물품이 맞지 않은
아르바이트생처럼 다시 한번 찬찬히 주변을 살펴보았다. 변
할 것도, 달라질 것도 없는, 지은 지 30년 된 방 두 칸짜리 연
립주택이었다. 군데군데 금이 간 마룻바닥과 누리끼리하게
변한 싱크대 위 타일들, 그리고 흐릿한 형광등 불빛까지. 모
두 예전 그대로였다. 이상하네? 진만은 고개를 갸우뚱거리며
안방으로 들어갔다. 할아버지는 거기, 침대 바로 앞에 앉아
TV를 보고 있었다. 예전에 방영되었던 사극이었다. 진만은

가만히 할아버지를 따라 TV를 바라보았다. 그리고 조금 지나서야 무엇이 달라졌는지 비로소 알게 되었다.

삼계탕집 주방 아르바이트를 그만두고 진만은 오랜만에 아버지와 할아버지, 단둘이 살고 있는 안양 집에 들렀다. 그가 근무했던 삼계탕집은 추석 당일 하루만 쉬었다. 그러니 어디 갈 수가 있나? 생각해보니 설날에도 그랬고, 여름휴가 때도 그랬다. 알바는 남들 쉴 때 더 일이 많아지는 법. 꼭 1년 만에 가는 안양 집이었다. 같은 계절이어서 그런가, 별다른 감정도 느껴지지 않았다. 봄에 오면 좀 다르려나? 진만은 그 생각을 하면서 집으로 들어섰다.

"할아버지 어디 안 좋으세요?"

진만은 마침 소반에 이른 저녁을 차려 안방으로 들어오던 아버지에게 물었다. 연립주택 인근 오피스텔 야간 경비 일을 하고 있는 그의 아버지는 이미 출근 준비를 마친 상태였다. 밥상에는 진만이 왔다고 그랬는지 제육볶음과 쌈이 올라와 있었다.

"왜? 뭔 일 있었어?"

그의 아버지가 할아버지 쪽을 힐끔 한번 바라보고 되물었다.

"아니, 그게 아니고…… 저를 보고도 통 말씀이 없으셔
서……."

말은 그렇게 했지만 진만은 다른 것을 묻고 싶었다. 이 냄
새, 예전과 달리 집에서 나는 이 냄새는 과연 무엇인가? 비릿
하고, 고릿하기도 한 이 냄새가 왜 계속 나는 것인지 묻고 싶
었다. 하지만, 차마 그럴 순 없었다.

"예전엔 저만 보면 계속 이 말 저 말 물었는데……."

아버지는 묵묵히, 그러나 바쁘게 젓가락질을 하기 시작했다.

"몰라. 요즈음 저렇게 자꾸 깜빡깜빡하셔."

"병원엔 안 가보셨고요?"

진만은 좀 작은 목소리로 물었다. 할아버지는 계속 TV를
보며 느릿느릿 숟가락을 들었다.

"나이 들면 다 그런 거야. 나도 깜빡깜빡하는데, 뭘……."

그 정도가 아닌 것 같은데……. 진만은 더 이상 묻지 않았

다. 할아버지는 팔십대, 그의 아버지도 이미 육십대였다. 냄새에는 아마 그 두 사람의 것이 다 포함되어 있었을 것이다.

아버지가 출근한 후, 진만은 설거지를 마치고 할아버지 옆에 앉았다.

"할아버지, 재밌어?"

TV에선 계속 사극이 방영되고 있었다.

"응. 궁예가 이제 막 다른 미륵이 있다고 왕건을 의심하기 시작할 거야."

진만은 멀거니 TV 속 한쪽 눈이 먼 궁예를 바라보았다.

"네 아빠도 이 할아비를 자꾸 의심해."

할아버지는 마치 은밀한 소식이라도 전하듯 한 손으로 입을 가린 채 말했다.

"아버지기요?"

"응. 내가 가짜 가시오가피즙을 산 거라고…… 자꾸 날 의심해."

진만은 곰곰 따져보았다. 분명 그런 적이 있었다. 할아버지가 무슨 문화 홍보업체에 속아 300만 원어치 가시오가피즙을 사 들고 들어왔을 때가……. 하지만 그건 진만이 고등학교에 다닐 때의 일이었다. 그게 벌써 10년도 더 지난 일인데.

"의심하는 게 아니고 할아버지…… 그냥 너무 비싸니까 속 상해서 그랬지."

"나도 속상하거든. 그게 뭐 나 먹으려고 산 건가? 고생하는 우리 아들 먹이려고 한 거지."

진만은 할아버지의 말을 들으면서 속으로 생각했다. 지금 할아버지는 옛일을 추억하는 걸까? 그도 아니면 지금을 옛 날로 믿고 있는 걸까? 진만은 어쩐지 꼭 후자일 것만 같았다. 그렇지 않고선 어떻게 저렇게 방금 당한 일처럼 속상해할까? 진만은 그 생각을 하니까 왈칵 겁이 났다.

"할아버지, 요샌 뉴스 안 봐?"

"안 봐."

"왜? 할아버지 맨날 뉴스만 봤잖아?"

"보면 속상해. 맨날 디제이만 나오고…… 디제이 대통령 된 거 꼴 보기 싫어서 아예 안 봐."

TV에선 다시 궁예가 자신을 보고 미륵이 아니라고 말하는 고승에게 마군이구나, 노여워하는 모습이 잡혔다.

다음 날 오전, 진만은 퇴근한 아버지를 잡고 말했다.

"할아버지 아무래도 병원 모시고 가야 할 거 같아요."

"왜? 너한테 뭐라고 그러셔?"

"자꾸 옛날 일만 말하세요."

아버지는 잠옷으로 갈아입다가 잠깐 진만을 바라보았다.

"그게 뭐? 잘못된 거야?"

진만은 아버지의 반응에 조금 당황했다. 아니, 그게 그냥 놔두면…… 진만은 거기까지만 말하고 말끝을 흐렸다.

"놔둬. 병원에 가봐야 약도 없고…… 우리 둘 사는데 옛날 일 말한다고 잘못될 것도 없어."

진만은 그런 아버지 앞에서 가만히 서 있기만 했다.

"속상한 거 있으면 속상해하고, 화낼 거 있으면 화도 내야지."

아버지는 잠옷 차림 그대로 할아버지의 아침 밥상을 차렸다.

"걱정 말고 너도 밥 먹고 얼른 내려가. 아직까지 아무 문제 없어. 〈태조 왕건〉도 있고…… 저 드라마 계속 재방송해. 그러니까 괜찮아."

진만은 아버지를 도와 밥상에 수저를 놓았다. 그러면서 생각했다. 아버지는 나에게 무엇이 속상했을까? 나는 또 나중에 그 속상함을 어떻게 받아들일 수 있을까? 진만은 그게 막막하기만 했다.

모두 견디는 사람들

　정용이 일하는 편의점 바로 옆 상가는 한 은행의 자동화기
기 창구였고, 다시 그 옆은 통닭 한 마리에 7천 원씩 파는 옛
날통닭 전문점이었다. 옛날통닭 두 마리를 사면 1만 2천 원.
오십대 중반으로 보이는 부부가 운영했는데, 따로 배달은 하
지 않고 홀에 테이블 네 개를 두고 생맥주와 소주를 함께 팔
았다. 정용은 퇴근할 때마다 옛날통닭 전문점 안을 힐끔 바라
보곤 했다. 손님이 한두 명 앉아 있을 때도 있었지만 대부분
은 부부가 한 테이블씩 꿰차고 앉아 TV를 보거나 스마트폰을
만지고 있었다. 그들 부부는 마치 지금 막 싸운 사람들처럼
말이 없었고, 지친 표정들이었다.

얼마 전이던가, 실제로 정용은 편의점 밖으로 재활용품을 내놓기 위해 나왔다가 옛날통닭 전문점 부부가 싸우는 모습을 목격했다.

"내가 뭘 그렇게 잘못했다고 신경질이야, 신경질이!"

아내가 목소리를 높이자 발끝으로 툭툭 입간판을 차던 남편이 대꾸했다.

"모르면 관두든가……."

"아까 그 닭 때문에 그러는 거야? 성희 엄마한테 준 통닭?"

여자가 묻자 남자가 퉁명스럽게 뇌까렸다.

"닭이 남아나지, 아주 남아나."

"아이고, 이 쪼잔한 인간아, 성희 엄마한테 우리가 꾼 돈이 얼만데? 아까도 이자 받으러 온 거 몰라서 그래? 성희 엄마 아니었으면 우리 벌써 길바닥에 나앉았다고!"

마르고 키가 큰 아내는 지나다니는 사람들을 신경 쓰지 않고 새된 목소리를 내질렀다. 남자는 살집이 좀 있는 편이었는데 담배를 문 채 계속 이죽거렸다.

"한 마리만 주면 되지, 두 마리까지 싸줄 게 뭐야."

남자가 먼저 점포 안으로 들어간 후에도 여자는 한참 동안 혼자 씩씩거렸다. 그러다가 우두커니 서 있던 정용과 눈이 마주쳤다. 정용은 서둘러 시선을 돌렸지만, 여자의 눈이 그렁그렁해져 있는 것을 놓치지 않고 보았다. 그 뒤로 정용은 퇴근할 때마다 버릇처럼 그들 부부의 상황을 살폈다. 장사라도 잘되면 괜찮으련만, 그럴 낌새는 보이지 않았다.

상황이 더 나빠진 건 자동화기기 창구 바로 앞에 한 노부부가 자리를 잡고 붕어빵을 팔기 시작하면서부터였다. 노부부는 리어카에 붕어빵 기계를 싣고 와 장사를 시작했다. 붕어빵 두 개에 천 원, 2천 원을 내면 다섯 개를 주었다. 팥 붕어빵뿐만 아니라 슈크림 붕어빵도 팔았는데, 그게 꽤 맛이 좋은 모양이었다. 며칠 지나지 않아 퇴근 무렵만 되면 노부부 앞에 사람들이 길게 줄을 서는 모습이 보였다. 정용도 몇 번 퇴근하면서 그 붕어빵을 사 간 적이 있었다. 붕어빵 맛은 둘째 치고 정용에겐 그 노부부의 모습이 인상적이었다. 주로 할머니가 붕어빵을 굽고, 할아버지가 그것을 종이봉투에 담아주는 방식으로 일했는데, 부부 사이가 마치 이제 막 결혼한 사람들처럼 금실이 좋아 보였다. 할아버지는 자주 할머니의 등 뒤로 가서 어깨를 주물러주었고, 할머니는 틈만 나면 할아버지의 입속으로 견과류 따위를 넣어주었다. 언젠가 한번 비 오는 날엔 할아버지가 우비를 입은 할머니 옆을 한시도 떠나지 않은 채 우산을 받치고 서 있기도 했다. 그 모습이 붕어빵 맛에 고스란히 스며들어 있는 것처럼 느껴지기도 했다.

"에이 참, 꼭 여기서 저런 것을 팔아야 하나?"

편의점 점장은 붕어빵 노부부를 볼 때마다 노골적으로 신경질을 냈다.

"그래도 뭐 우리랑 겹치는 걸 파는 것도 아니니까요……."

정용은 작은 목소리로 말했다. 실제로 붕어빵을 산 사람들이 편의점에 들러 우유나 탄산음료를 사 가는 경우도 종종 있었다.

"왜 겹치는 게 없어? 붕어싸만코는 뭐, 같은 붕어 아닌가?"

정용은 멀거니 편의점 점장을 바라보았다. 저건 뭐 붕어 같

은 소리인가? 정용은 속으로 그렇게 생각했지만, 편의점 점
장은 정말로 심각하게 붕어빵 노부부를 자신의 경쟁업체로
여기는 듯했다. 그는 정용이 출근할 때마다 계속 같은 말을
했다.

"네가 나가서 말 좀 해봐."

"제가요……?"

"여기 말고 다른 곳 가서 하시라고 그래. 저쪽에 가면 공원
도 있다고."

정용은 그때마다 일단 편의점 밖으로 나오긴 나왔다. 하지
만 차마 붕어빵 노부부에게 그런 말을 할 순 없었다. 그는 괜
스레 붕어빵 리어카 주변을 어슬렁거리다가 다시 편의점 안
으로 들어가곤 했다. 점장이 "말했어?"라고 물으면 "사람들
이 너무 많아서요……"라고 대충 둘러대곤 했다.

그러던 어느 하루, 점장이 또다시 보채서 편의점 밖으로 나
온 정용은 노부부 앞에 서 있는 옛날통닭집 아내의 뒷모습을
보게 되었다.

"할아버지, 저희도 정말 힘들어요."

옛날통닭집 아내가 말했지만, 노부부는 못 들은 척 계속 붕어빵만 굽고 있었다.

"사람들이 통닭 사러 왔다가 그냥 붕어빵만 사 들고 간다고요."

"미안해요, 미안해. 우리도 이게 먹고살아보겠다고 시작한 일이라서……."

할아버지 대신 할머니가 말을 받았다. 리어카 앞에 줄을 서서 기다리던 사람들이 "거, 너무하네" "어르신들이 하는 일인데" 하면서 수군거렸다.

"저희는 월세도 내야 한다고요……."

옛날통닭집 아내가 양손으로 얼굴을 가린 채 그 자리에 쪼그려 앉았다. 그러자 옛날통닭집 점포 안에서 남편이 나와 아내 옆에 섰다. 그는 잠깐 동안 노부부 쪽을 노려보다가 조용히 자신의 아내를 일으켜 점포 안으로 들어갔다. 그는 한마디도 하지 않았고, 아내의 어깨를 감싼 손을 풀지도 않았다. 정용은 그들이 점포 안으로 사라진 후에도 계속 그 자리에 서 있었다.

정용이 다시 편의점 안으로 들어오자 점장이 물었다.

"말했어?"

"네."

정용은 고개를 숙인 채 대답했다.

"뭐래?"

"그냥 다 미안하대요."

"미안하대? 그게 전부야?"

"네……."

점장은 편의점 유리창 밖을 바라보다가 혼잣말처럼 중얼거렸다.

"에이 씨, 나도 편의점 밖에 나가서 어묵이나 팔아볼까?"

정용은 묵묵히 그 말도 견디면서 서 있었다.

나를 뽑아줘

진만은 대기실 의자에 앉아 통유리 너머 사무실을 바라보았다. 보지 않으려고 일부러 바로 옆 정수기에 붙어 있는 '사용 시 주의사항' 항목들을 한 자 한 자 읽어나갔지만, 저도 모르게 자꾸 시선이 그쪽으로 향했다. 사무실 안에는 모두 세 명이 앉아 있었다. 두 명은 평상복 차림이었고, 한 명은 정장 재킷에 넥타이 차림이었다. 넥타이를 한 사람은 바로 좀 전까지 진만의 옆에 앉아 있던 남자였다. 뭐가 그렇게 즐거운지 사무실 안에서는 종종 웃음소리가 들려왔다. 진만은 양 손바닥을 바지에 쓱쓱 문질러보았다. 이제 곧 진만의 차례였다. 안 떨릴 거라고 생각했는데, 귓불이 벌겋게 달아올랐다. 허벅지 뒤편도 자꾸 당기는 기분이 들었다. 진만은 눈을 감은 채 심호흡을 길게 한 번 했다. 그러곤 손가락으로 바지 위에 계속 자신의 이름을 써보았다. 그래도 마음은 좀처럼 진정되질 않았다.

이윽고 사무실 통유리 문이 열리는가 싶더니 넥타이를 한 사람이 밖으로 나왔다. 진만은 그와 눈을 마주치지 않으려고 시선을 피했다.

"다음, 전진만 씨!"

안에서 그의 이름을 불렀다. 진만은 "네!" 하고 오른쪽 손을 번쩍 든 채 자리에서 일어났다.

진만이 학교 선배의 연락을 받은 것은 지난주의 일이었다. 이거 원래 이번 졸업생들한테만 소개해주는 건데, 특별히 너한테도 연락해주는 거야. 모교의 학생 취업 담당 부서에서 일하고 있는 선배는, 정부 지원을 받는 '지역 기업 프로젝트' 사업의 일자리를 소개해주었다.

"지역 기업이면 그게 좀……."

"왜? 그게 지금 걸린다는 거? 네가?"

선배의 목소리가 대번에 굳어졌다.

"아니, 그게 아니고요……. 여기서 출퇴근하기가 어떤
지……."

"당연히 멀지. 근데 그게 뭐?"

진만은 주눅 든 목소리로 아니라고 대답했다. 선배는 이력
서와 자기소개서를 바로 다음 날까지 보내라고 했다. 자체 개
발한 치즈와 유가공 제품을 판매 유통하는 회사이며, 연봉은
2400만 원, 4대 보험이 적용된다고 했다.

"치즈라면 아주 환장한다고 쓰고, 농촌에서 아예 뼈를 묻
겠다고 써."

"정말 그렇게 써요……?"

"비유적으로 그러라는 거지. 비유적으로…… 비유적인 게
뭔지 몰라?"

선배는 그러면서 잠깐 침묵을 지켰다. 그러곤 뜬금없이
"우리 잘하자"라고 말했다. 너, 다른 스펙도, 영어 성적도 없
잖아? 진만은 가만히 선배의 말을 듣기만 했다.

회사는 군청에서 가까운 신축 건물 2, 3층을 통째로 임대해 쓰고 있었다. 2층은 영업부와 관리부였고, 3층엔 사장실과 임원실, 회의실이 있었다. 면접은 회의실에서 진행되었다.

"전진만 씨는 뭐 다른 자격증이나 경력은 없으시고?"

진만의 맞은편에 앉은 두 명 중 머리가 약간 벗어진 남자가 물었다. 그가 사장이라고 했다.

"네, 뭐…… 대신 아르바이트를 좀 많이 했습니다."

진만은 처음 이력서와 자기소개서를 쓸 때까지만 해도 별다른 기대를 하지 않은 게 사실이었다. 그래도 선배 얼굴을 봐서 서류까지는 제출했지만, 최종 면접까지는 이어지지 않으리라 생각했다. 그도 그럴 것이 그의 이력서엔 대학 졸업 외엔 아무것도 적혀 있지 않았다. 거기에 삼계탕집 설거지 아르바이트와 택배 상하차 아르바이트를 써넣을 순 없었으니까……. 하지만 예상과 다르게 최종 면접 대상자라는 문자메시지를 받은 게 그제 오후의 일이었다. 그때부터 진만의 가슴이 뛰기 시작한 것이었다.

"뭐, 우리 회사도 이렇다 할 경력은 없으니까."

사장이 바로 옆 폴라티를 입은 남자를 보며 말했다. 그러곤 혼자 우하하하, 큰 소리로 웃어댔다.

"주소를 보니까…… 저쪽 광역시 쪽이네요. 그럼 만약 입사하게 되면 거처를?"

폴라티 남자가 묻자, 사장이 대신 대답했다.

"거처가 뭔 상관이야? 그런 거 상관하지 않고 지원한 게 훌륭한 거지."

사장은 진만을 보며 "안 그래요?" 하고 물었다. 그러곤 또 우하하하, 웃어댔다. 저 양반이 뭔 오래된 치즈를 드셨나, 왜 저렇게 웃어대지? 진만은 속으로 생각했다. 그래도 덕분에 긴장은 좀 잦아들었다.

"자, 우선 먼저 하나 말씀드릴 것은……"

폴라티 남자가 사무적인 목소리로 말했다.

"우리 회사에 들어오면 무조건 3개월은 영업을 뛰어야 해요. 그다음에 실무 배치예요. 그게 우리 원칙이죠."

말인즉슨 3개월 동안 전국 아파트 단지를 돌며 우유와 요구르트를 팔고 배달 계약을 올려야 한다는 뜻이었다. 그 실적을 본 후 다시 부서 배치를 한다고 했다. 물론 그 기간에도 정해진 급여는 보장한다고 했다.

"난 있잖아, 오히려 그게 더 나은 거 같아. 여기 사무실에 매일 앉아 있으면 갑갑하잖아. 군산도 가고, 여수도 가고, 거제도도 가고, 얼마나 좋아? 매일매일 엠티 가는 기분이지 뭐?"

사장은 그렇게 말하고 또 웃었다.

"괜찮겠어요?"

폴라티 남자가 재차 물었다. 진만은 잠깐 침묵했다. 에이씨, 그러면 그렇다고 미리 말을 해주든가…… 꼭 면접장에서 그런 걸 묻고……. 진만은 속으로 그렇게 생각했지만, 대답은 전혀 다른 식으로 나왔다.

"네. 뽑아만 주시면 뼈를 묻도록 하겠습니다."

진만은 자신의 입으로 그렇게 말했으면서도, 그러면서도 정작 계속 억울하고 눈물이 날 것만 같은 기분이 들었다. 그렇게 물으면, 내가 뭐라고 얘기할 수 있겠어요……. 진만은 다시 손가락으로 바지 위에 자신의 이름을 조용히 썼다. 그런 진만의 마음과는 상관없이 사장은 "그거 봐, 다 한다니까. 요즘 애들이 이렇게 훌륭해" 하면서 우하하하, 웃어댔다. 진만은 잠자코 사장의 웃음소리를 듣고만 앉아 있었다.

젖소의 운명

"방해만 하지 마."

그는 넥타이를 고쳐 매며 진만에게 말했다. 사십대 초반이나 되었을까? 작은 키에 까무잡잡한 피부, 짧은 헤어스타일에 갈색 구두를 신은 남자였다. 그는 약속 시간보다 15분 늦게 아파트 정문 입구에 도착했지만, 거기에 대해선 아무런 말도 하지 않았다. 진만을 한번 슬쩍 훑어보곤 스마트폰 셀카 기능을 활용해 자신의 머리를 다듬었다. 진만은 기분이 나빴지만, 아무런 말도 하지 못했다. 말은커녕 허리를 꾸벅 숙여 인사를 했다. 어쨌든 그는 직장 선배였으니까……. 그리고 무엇보다 말할 틈도 주지 않았다. 그는 마치 여러 번 같은 집을 찾아왔던 집달리처럼 가장 가까운 아파트 동 출입문 쪽으로 걸어갔다. 아이들이 모두 학교나 유치원에 간 오전 9시 15분, 혁신도시 내 신규 입주 아파트 단지는 한가롭고 평화로워 보였다. 일이 시작된 것이었다.

진만은 입사한 우유 회사의 내규에 따라 최초 3개월 동안 수습사원 신분으로 판촉 활동을 해야만 했다. 선배 사원과 2인 1조로 짝을 이뤄 정해진 구역 내 우유 배달 신청을 최대한 많이 받아내는 일이었다. 수습 기간엔 최저 시급에 해당하는 급여와 중식비, 교통비가 나왔고, 숙박비의 경우 따로 회사 영업 경비로 처리되었다. 실적에 따라 2개월 뒤부터 추가 수당을 더 받을 수 있었고, 부서 배치가 변동될 수 있다는 말도 들었다.

"나이는?"

진만과 짝을 이룬 선배 사원이 아파트 현관 출입문 인터폰을 누르며 물었다. 그의 시선은 인터폰 화면을 향해 있었다.

"네? 아…… 스물여덟 살입니다."

"운전은? 1종이야, 2종이야?"

그와 진만 사이에 계속 인터폰 알림음이 흘렀다.

"면허는 아직……."

그의 인상이 확 구겨질 찰나, 인터폰에서 "누구세요?" 하는 젊은 여자의 음성이 흘러나왔다. 그는 인터폰을 향해 고개를 숙인 후 말했다.

"어머니, 우유 공짜로 2개월 드시고, 뽀로로 매트도 하나 받아보시라고 인사 올렸습니다."

그는 좀 전 진만을 대하던 것과는 전혀 다른 표정, 전혀 다른 음성으로 말했다. 그것은 마치 중국의 변검처럼 순식간에 얼굴 자체를 바꾸는 기술처럼 보였는데, 그런데도 전혀 어색하거나 부자연스러워 보이지 않았다. 인터폰에서 "됐어요"라는 말이 나오자마자 그는 다시 무뚝뚝한 표정으로 돌아왔다. 그는 다른 층 인터폰을 눌렀다.

"사람들은 앞에선 김 과장이라고 불러. 성이 뭐야?"

"네……. 저는 전씨인데요."

"좋아, 전 대리…… 아침 9시부터 점심 먹을 때까지는 방문 판촉, 오후 2시부터 저녁 먹기 전까지는 좌판 판촉이야. 시키는 일만 하면 되고, 일 때려치울 거면 저녁에 숙소 들어가기 전에 미리 말해. 괜히 사람 번거롭게 만들지 말고."

그가 거기까지 말했을 때 또다시 인터폰에서 "누구세요?"라는 목소리가 튀어나왔다. 아까보다 조금 더 나이 든 여자의 목소리였다.

"어머니, 우유도 공짜로 드시고 프라이팬도 하나 받아보시라고 인사 여쭙니다."

그의 얼굴이 또 바뀌었다.

점심으로 김치찌개를 먹고 난 뒤부터 그와 진만은 아파트 단지 정문 입구에 플라스틱 탁자를 펼쳐놓고 영업을 시작했다. 진만은 주로 유치원생과 함께 걸어오는 엄마들에게 전단지를 나눠줬고, 김 과장은 그런 엄마들에게 말을 걸었다.

"어머니, 지금 드시는 우유와 저희 회사 우유하고는 이게 젖소부터 다르거든요. 젖소가 스트레스받고, 먹는 게 시원치 않으면 어떻겠어요? 아무리 무항생제니 유기농이니 해도 이게 저급 원유가 나올 수밖에 없거든요. 그게 다 아이들 입으로 들어가는 거잖아요? 저희 회사 젖소들은요, 얘네들은 그냥 포비 같은 애들이에요. 아시죠, 포비? 매일 뽀로로랑 노는 포비."

포비는 백곰이 아닌가? 백곰과 젖소는 과연 무슨 관계인가? 먼 친척인가? 진만은 잠깐 그런 생각을 하기도 했다. 김 과장은 오후에만 3건의 약정서를 새로 받아냈다. 그는 약정서를 쓰고 있는 젊은 엄마한테 '한 달에 3천 원만 더 내면 요구르트도 따로 넣어드린다'는 말도 했다.

저녁 6시 무렵, 그들 앞에 한 여자가 약정서를 들고 찾아왔다. 오후에 새로 우유 배달 신청 계약을 한 삼십대 여자였다.

"이거 좀 취소하려고요."

탁자에 있던 서류들을 정리하던 김 과장은 뜨악한 표정을 지었다.

"지금요?"

여자는 아무래도 1년 뒤에 이사를 할 거 같은데, 24개월은 무리라고 말했다. 그때 가서 위약금 낼 일이 생길 것 같다고 말했다.

"안 돼요."

김 과장은 처음 여자를 만났을 때와는 또 다른 목소리로 말했다.

"이미 전산 입력 다 했거든요. 대리점에서도 물량 주문 넣었구요."

여자는 "여기 이 서류 뒤에 48시간 내 해지 가능이라고 적혀 있지 않느냐"라며 따졌다. 여자의 목소리는 조금씩 올라갔다. 김 과장 얼굴 바로 앞에 서류를 내밀며 흔들기도 했다.

"아주머니."

김 과장이 주위를 둘러보곤 작은 목소리로 말했다.

"우리 오늘 여기서 하루 종일 떠들면서 3만 원 벌었어요. 둘이 합쳐서 3만 원."

여자는 당황한 듯 굳은 자세로 김 과장을 바라보았다.

"해지하고 싶으면 내일 회사로 전화하시라구요. 우리 일당도 그때까지니까."

　김 과장은 그 말을 끝으로 플라스틱 탁자의 다리를 접었다. 진만도 말없이 그 일을 도왔다. 지금 김 과장에게 더 이상 못하겠다고, 그만두겠다고 말하면…… 맞을까? 진만은 계속 망설였다. 그런 그들 앞에서 여자는 어디론가 전화를 걸었다.

　"그만 가지. 전 대리."

　한쪽 팔에 서류를, 다른 쪽 팔에 프라이팬 박스를 든 김 과장이 앞서 걸어갔다. 진만은 접은 플라스틱 탁자를 들고 뒤따랐다. 확실히 포비는 아닌데…… 이건 그냥 젖소인데…… 저급 원유 나오는 젖소. 진만은 그의 뒷모습을 보며 뜬금없이 그런 생각을 했다.

　젖소 한 마리가 걸어가고 있었다. 아니, 두 마리.

어떤 졸업식

오후의 편의점은 초등학생들의 차지다. 다른 편의점은 어떤지 모르겠지만, 정용이 일하는 편의점은 늘 그랬다. 가까운 곳에 초등학교가 두 곳이나 있었으니 그럴 만도 했다.

편의점은 가깝구나, 우리들은 자란다.

편의점 내 테이블에 앉아 삼각김밥을 불닭볶음면이나 국물떡볶이에 찍어 먹는 아이들을 볼 때마다 정용은 속으로 그런 노래를 부르곤 했다.

아이들은 편의점 테이블에 앉아 학원 숙제를 하기도 했고, 연예인들의 뒷담화에 열을 올리기도 했지만, 대부분은 스마트폰으로 유튜브를 봤다. 중2병이 일찍 찾아온 6학년 아이들은 한 손으로 턱을 괸 채 세상 심각한 표정으로 블루레모네이드를 두 시간에 걸쳐 천천히 마시기도 했고, 연애를 하는 아이들은 하리보 한 봉을 사이에 둔 채 '여보' '자기' 해가며 말랑말랑한 서로의 볼을 꼬집어대기도 했다.

정용이 일부러 밤 9시 근무로 옮긴 것은 그 꼴을 보기 싫어서 그랬던 것은 아니었다. 단지 쓰레기가 지나치게 많이 나와서 그랬다. 아이들이 지나간 자리에는 늘 무언가가 묻어 있거나 작은 것들이 떨어져 있었다. 테이블에 앉아 있는 아이들 옆에서 계속 계속 그걸 치우다 보면 어쩐지 어떤 수치심 같은 것이 느껴지기도 했다.

그 아이를 만난 것은 밤의 편의점에서였다. 6학년이었고 남자아이였는데, 하루도 빠짐없이 밤 10시 15분에 정확하게 편의점 안으로 들어왔다. 안경을 쓰고 롱 패딩에 무거운 백팩을 멘 아이. 아이는 언제나 혼자 편의점 테이블에 앉아 컵밥을 먹었다. 그게 저녁인 듯싶었다. 아이는 밥을 먹으면서도 영어 단어장을 보았고, 중간중간 필통을 꺼내 어떤 대목에 밑

줄을 긋기도 했다. 아이는 다른 아이들과 달리 무언가를 흘리지도 않았고, 밥을 먹고 나면 물티슈로 테이블을 깨끗이 훔치기도 했다. 편의점을 나갈 때면 정용을 바라보며 깍듯이 허리 숙여 인사하는 것을 잊지 않았다. 꼭 그런 모습 때문만은 아니었지만 정용은 그 아이에게 자주 눈길이 갔다. 밤에 혼자 다니는 아이들은 그 모습만으로도 어떤 감정을 불러일으키는 법이니까.

정용은 아이에게 슬쩍 사이다를 내밀기도 했고, 츄파춥스 하나를 건네기도 했다. 그때마다 아이는 두 손으로 예의 바르게 받았다. 한 달 넘게 아이는 꾸준히 편의점에 왔지만, 정용은 그 이상 다가가진 않았다. 부모님은 뭐 하시니? 집은 어디니? 왜 혼자 밥을 먹니? 그딴 건 묻지 않았다. 묻지 않아도, 정용은 무언가 다 알 것 같은 기분이 들었다.

아이가 정용에게 먼저 말을 건 것은 크리스마스가 지난 다음 날이었다.

"형…… 저 부탁이 하나 있는데요……."

아이는 고개를 숙이진 않았지만 정용의 눈을 제대로 보지 못한 채 말했다. 말인즉슨 1월 첫째 주 금요일에 있는 졸업식에 자신과 함께 가달라는 것이었다. 졸업식? 졸업식은 2월이 아닌가? 알고 보니 요즘 초등학교 졸업식은 대부분 1월에 열린다고 했다.

아이의 학교는 특이하게 졸업식장에 부모나 형제 중 한 명과 함께 입장한다고 했다. 함께 단상에 올라 한 명은 졸업장을 받고, 또 한 명은 학교에서 준비한 선물을 받는다는 것, 그게 전통이라고 했다.

"한 시간이면 되거든요. 오전 10시부터 11시까지만……."

정용은 그 말을 하는 아이에게 또다시 아무것도 묻지 않았다. 그것 역시 묻지 않아도 알 수 있는 일이었으니까.

"생각해볼게."

말은 그렇게 했지만 정용은 이미 마음속으로 결정을 내렸다. 한 시간, 단지 한 시간일 뿐이니까. 그렇게 생각하는 내내 어떤 은근한 자부 같은 것이 느껴져 귓불이 달아오르기도 했다.

졸업생은 모두 110명이었다. 정용은 학교 강당에 마련된 의자에 앉아 아이의 옆얼굴을 가만히 바라보았다. 다른 아이들은 의자에 앉은 채 계속 떠들고 부모와 함께 셀카를 찍어댔지만, 아이는 그러지 않았다.

곧은 자세로 앉아 단상을 쳐다보다가 이따금 안경을 닦는 것이 전부였다. 다른 아이가 불러도 말없이 웃어주기만 했다. 괜히 어색하고 긴장한 것은 정용이었다. 아이에게 그 마음을 들키지 않으려고 저도 모르게 허벅지에 계속 힘을 주기도 했다. 식이 모두 끝나면 짜장면이라도 한 그릇 같이 먹어야지. 그 정도는 할 수 있어. 정용은 혼자 고개를 끄덕거리기도 했다.

식은 별 무리 없이 진행되었다. 졸업생이 한 명 한 명 단상에 올라올 때마다 강당 뒤편 대형화면에 아이의 사진과 함께 장래 희망이 적힌 글귀가 떠올랐다. 정용은 그제야 아이의 이름이 '김호창'이라는 것과 아이의 꿈이 '의사'라는 것을 알게 되었다. 그래, 그래, 의사도 되고, 병원도 차리렴. 그래서 나중엔 오늘 같은 날은 아예 기억도 하지 말렴. 정용은 그렇게 아

이를 응원해주었다. 정용은 아이의 진짜 친형처럼 손을 잡고
단상에 올랐고, 정중하게 선생님들에게 인사를 했다.

　식이 모두 끝나고 정용은 아이와 함께 운동장으로 걸어 나
왔다. 아이는 꽃다발도 없이 졸업장만 든 상태였다.
　"어디, 짜장면이라도 먹으러 갈까?"
　정용이 묻자, 아이가 고개를 절레절레 흔들었다.
　"아니에요."
　아이는 그렇게 말한 후 주머니에서 무언가를 꺼내 들었다.
편지 봉투였다.
　"형, 오늘 너무 고마웠어요. 아빠가 많이 넣지는 못했대요."
　아이는 그러면서 다시 한번 깍듯이 고개를 숙였다. 편지 봉
투에는 10만 원이 들어 있었다. 정용은 그 봉투를 든 채 잠깐
아이의 얼굴을 바라보았다. 아이는 아무렇지도 않은 표정이
었다.
　"아빠가 오늘도 병원에 출근했거든요. 엄마도 서울에 있는
병원에서 근무하는지라 평일엔……."

정용은 아이의 말을 다 들어주었다. 그러곤 조용히 뒤돌아 교문 쪽으로 걸어갔다. 정용은 아이의 얼굴을 다시 볼 엄두가 나질 않았다. 수치심과는 또 다른, 어떤 무섬증 때문이었다.

교문에 내걸린 '축 졸업' 플래카드가 바람에 계속 흔들리고 있었다.

자가 격리

진만은 우유 회사에 입사한 지 한 달 만에 사표를 내고 다
시 자취방으로 돌아왔다.

"뭐야, 그새 잘린 거야?"

편의점에서 퇴근하고 돌아온 정용은 진만을 보자마자 그
말부터 했다. 진만은 양말도 벗지 않은 채 침대에 누워 있었
는데, 어쩐지 몸이 조금 홀쭉해 보였다. 얼굴은 거무튀튀하게
변해 있었다.

"아니야. 내가 그냥 관둔 거야."

진만은 몸을 반쯤 일으켰다가 도로 자리에 누웠다. 끙, 작
게 신음도 냈다. 그는 한 달 동안 모텔 생활을 하면서 우유 판

촉 행사만 하다가 돌아왔다. "어머니, 우유 하나 드세요. 어머니, 이젠 어머니 뼈도 생각하셔야죠." 진만은 낯선 도시에서 한 달 내내 그 말만 입에 달고 살았다. 처음엔 '어머니'라고 부른다는 것을 자꾸 '어머나'로 잘못 발음해서 함께 판촉 활동을 하던 김 과장에게 면박을 당하기도 했다.

하지만 그 모든 것보다 진만을 더 힘들게 했던 것은 바로 모텔 생활이었다. 그는 김 과장과 같은 방을 썼는데, 모텔의 구조상 퀸 사이즈 침대에 김 과장과 나란히, 같은 이불을 덮고 잘 수밖에 없었다. 진만은 최대한 침대 가장자리에 붙어서 잤다. 자고 일어나면 늘 목 부위가 뻐근하고 아팠다. 김 과장은 잠들기 전 소주 한 병을 마시고 잤는데, 하루도 거르는 날이 없었다. 친화력은 또 얼마나 좋은지 모텔 옆방에서 생활하는 건설 일용직 노동자들과도 자주 어울렸다. 어떤 날엔 진만이 있는 방으로 한국 사람, 베트남 사람, 중국 사람, 몽골 사람이 모두 모여 TV를 크게 틀어놓은 채 술을 마시기도 했다. 진만은 침대에 앉아 멀거니 그들을 바라보았다. 아, 이게 무슨 아세안 경제장관회의인가, 저 베트남 친구는 왜 저리도 순

대를 잘 먹는 것인가.

"나, 몸이 안 좋아."

진만은 힘없는 목소리로 말했다.

"어디가?"

"열도 나고, 목도 아프고……."

"감기인가 보네."

정용은 추리닝으로 갈아입으면서 무심하게 말했다. 진만이 돌아왔으니, 이제 한 사람은 바닥에 이불을 깔고 자야 했다. 까짓것, 내가 자지, 뭐. 정용은 그렇게 양보했다.

"나, 그거일지도 몰라……."

"그거?"

진만은 자신이 코로나19에 걸렸을지도 모른다고 말했다. 중국 사람과 몇 번 접촉했다는 말도 덧붙였다.

"얼른 자라. 우리 편의점에도 하루 대여섯 명씩 중국 사람들 꼭 온다."

"아니야. 나 진짜 심각하다고. 몸에 힘도 하나 없고, 막 어지럽고 그래……. 나 사실…… 자가 격리하려고 회사 그만둔 거야."

"자가 격리?"

진만은 고개를 끄덕거렸다.

"우린 방도 하나뿐인데?"

정용은 그렇게 말하면서도 한편으론 '자가 격리'라는 단어가 참 이상한 말이라는 생각을 했다. 자기 집도 없고, 자기만의 방도 없는 사람들은 어떻게 자가 격리를 하는가? 뭐, 마음으로 하는 건가?

"그러니까 네가 더 조심하라고……."

이게 무슨…….

정용은 대꾸하지 않고 욕실로 들어갔다.

하지만 다음 날 오전, 진만이 계속 소리 내 기침을 하자, 정용도 은근히 신경이 쓰이기 시작했다.

"병원부터 가봐. 괜히 걱정하지 말고."

"갔다가 정말 전염병이면 어쩌라고."

"어쩌긴? 치료받는 거지."

정용의 말에 진만은 잠깐 침묵을 지켰다. 그러다가 다시 말했다.

"조금만 더 버텨보고…… 아닐 수도 있으니까."

정용은 그날 평상시보다 일찍 자취방에서 나왔다. 피시방이라도 갔다가 편의점으로 출근할 작정이었다. 그러면서 오늘은 아예 찜질방이라도 가서 자는 게 어떨까, 생각했다. 그게 서로에게 더 나은 거 아닌가? 진만이 자가 격리할 수 있도록……. 그러다가 정용은 이내 생각을 고쳐먹었다. 그건 속이 너무 뻔히 보이는 짓이 아니던가? 옮았으면 벌써 옮고도 남았을 텐데, 이제 와서 자가 격리는 무슨……. 정용은 자기가 어떤 사람인지, 전염병이 자꾸 들춰내는 것만 같았다. 마음을 들키는 것만 같았다. 그게 불편하고, 또 화가 났다.

정용은 편의점에서 퇴근하자마자 체온계와 마스크, 생수와 컵라면 들을 사 들고 자취방으로 돌아왔다. 진만은 어디서 구했는지 이미 마스크를 한 채 침대에 누워 있었다. 손에는 위생 장갑을 끼고 있었다.

"뭐 좀 먹었어?"

정용도 마스크를 쓴 채 물었다.

"응. 컵라면하고 삼각김밥."

"왜? 뭐라도 시켜 먹지?"

"한 그릇을 어떻게 시켜……."

진만은 계속 등을 돌린 채 말했다. 정용은 체온계를 천천히 진만의 귀에 가져갔지만 이내 손을 거두었다. 진만이 몇 번 기침을 했기 때문이다.

"돼지들은 말이야……."

기침이 잦아들자 진만이 입을 열었다.

"구제역 같은 전염병이 돌면 그냥 다 파묻어버리잖아. 옆에 있는 애들까지 싹 다……."

정용은 대꾸하지 않고 다시 조심조심 진만의 귀에 체온계를 넣었다.

"걔네들은 왜 격리시키지 않고 다 묻어버리는 걸까? 그게 돈이 덜 드나……?"

그러겠지, 아마도 돈이 덜 들어서겠지. 격리시킬 방이 따로 없어서겠지.

정용은 그렇게 생각했다.

"그러고 보면 인간이 정말정말 못됐어. 그치?"

진만이 그렇게 말했을 때, '삐' 하고 체온계가 소리를 냈다. 36.7도.

정용은 체온계를 바라보다 마스크를 풀었다. 진만도 힐끔 체온계를 바라보았다.

"너도 참 네가 못났다고 생각하지? 그렇지?"

진만은 계속 웅크린 채로 일어나지 않았다.

눈감지 마라

남자는 흰 와이셔츠에 슈트 차림이었다. 넥타이를 매진 않았지만 가죽 재질로 된 백팩을 메고 있었고, 구두도 깨끗했다. 회사에서 막 야근을 끝내고 집으로 돌아가는 길 같았다. 머리카락은 짧았고, 햇빛 한번 쬐지 못한 사람처럼 피부가 희었다. 남자는 한참 동안 편의점 매장 이곳저곳을 둘러보더니 캔 커피 하나를 골라 카운터에 내밀었다. 정용은 남자와 눈을 마주치지 않고 포스기를 찍었다.

"이거 원 플러스 원인데요. 하나 더 가져오셔도……."

남자는 정용의 말에 다시 느리게 캔 커피 하나를 더 가져왔다.

"이건 그쪽이 드세요."

정용은 남자가 내미는 캔 커피를 받고 작은 목소리로 "고맙습니다"라고 인사했다. 남자는 편의점 내 테이블에 앉아 스마트폰을 보면서 캔 커피를 마셨다.

정용은 캔 커피를 무연히 바라보았다. 입맛이 쓰고, 약간 현기증도 느껴졌다. 오전 10시부터 근무했으니까 꼬박 12시간째였다. 정용은 원래 오후 4시부터 자정까지만 일했다. 오전 근무자가 따로 있었는데, 일한 지 한 달도 되지 않아 그만두었다. 오십대에 접어든 점장은 그 시간대 알바를 바로 뽑지 않았다.

"내가 하지 뭐. 장사도 안 되는데……."

말은 그렇게 했지만, 점장은 자주 정용에게 전화를 걸어왔다. 다른 지방에 갈 일이 생겼다고, 세부서에 다녀와야 한다고, 몸이 좀 안 좋은 것 같다며, 계속 정용에게 대타를 부탁했다. 정용은 그 부탁을 한 번도 거절하지 못했다. 알바들의 고난의 행군 시절이었다. 피시방들은 문 닫은 곳이 더 많았고,

카페들은 영업시간을 단축했다. 극장에서 한꺼번에 밀려난 사람들도 대거 아르바이트 시장으로 들어오고 있었다. 전염병의 나날. 고용주들도 힘들긴 마찬가지였지만, 아르바이트생들의 고통은 더 분절된 형태로 오는 것 같았다. 고통도 시급으로 왔다.

정용은 남자가 건넨 캔 커피를 따 한 모금 마셨다. 남자는 정용과 비슷한 또래처럼 보였다. 바이러스가 침투하지 못하는 견고한 직장인. 지금 시간 말고, 지금까지 쌓아온 나머지 시간으로 급여가 결정되는 삶이란 무엇일까? 정용은 지금까지 단 한 번도 그런 일을 해본 적이 없었다. 같은 공간에서 같은 캔 커피를 마시고 있었지만, 정용과 남자의 시간의 크기는 엄연히 달라 보였다.

두 명의 고등학생이 편의점 안으로 들어왔다. 여자 친구들이었고 둘 다 교복을 입고 있었는데, 정용에겐 그게 또 낯설어 보였다. 요샌 다들 학교에 안 가지 않나? 그 친구들은 한참을 컵라면 코너 앞에 서 있다가 불닭볶음면 두 개를 들고 카운터 앞으로 왔다.

"미친!"

"이게 웬 개고생이야."

둘은 카운터 앞에 서서도 계속 투덜거렸다. 무언가 약속이 어긋난 듯 보였다. "우리 팔자에 무슨 알바라고." "내 말이." 그 친구들은 그렇게 인상을 쓰다가도 또 언제 그랬냐는 듯 테이블에 컵라면을 올려놓고 수다를 떨기 시작했다. "난 있지, 학교 안 가니까 몸무게가 더 빠진 거 있지?" "당연하지. 네가 그동안 매점에서 처먹은 걸 생각해봐." "어휴, 그럼 난 몸무게 생각해서 이 기회에 자퇴해야 하나?" "너, 그러면 완전 영양실조 올걸?" 둘은 그렇게 까르르 웃어댔고, 그러면서도 또 불닭볶음면을 먹으며 연신 손부채질을 해댔다. "졸라, 열받다가 먹으니까 제대로 열 오르네."

학생들 뒤편 테이블에 앉아 있던 남자가 콜라 한 캔을 더 사면서 바나나 맛 우유 두 개도 더 계산했다. 그러더니 그걸 그 친구들 테이블에 올려놓고 다시 자기가 앉아 있던 테이블에 앉았다. 여자 친구들은 가만히 바나나 맛 우유를 바라보다가 저희끼리 귓속말을 주고받았다. 그러더니 같이 등 돌려 남자를 향해 "고맙습니다"라고 인사했다. 남자는 살짝 한 번 웃기만 했을 뿐 다른 말은 하지 않았다.

남자는 여자 친구들이 다 먹고 편의점 밖으로 나갈 때까지도 계속 같은 자리에 앉아 있었다. 학생들은 밖으로 나갈 때도 남자에게 다시 한번 고개 숙여 인사했다. 시간은 이제 밤 11시를 넘어서고 있었다. 이제 곧 점장이 교대해주러 올 시간이었다. 정용은 자취방으로 돌아가면서 샌드위치를 먹을 작정이었다. 폐기 시간이 지난 샌드위치는 이미 가방 안에 챙겨둔 터였다. 인터넷도 안 하고 바로 씻고 잘 작정이었다. 그만큼 정용의 몸은 마치 우그러진 캔처럼 어떤 부분은 날카롭고 또 어떤 부분은 납작해진 느낌이었다.

하지만 어떻게 하지…….
정용은 조금 전 남자가 테이블 아래로 자신의 휴대폰을 가

저가는 것을 분명히 보았다. 여자 친구들의 뒤편에 앉아서 그 행동을 두세 번 반복했다. 그것은 누가 봐도 이상한 행동이었고, 명백하게 어떤 의도를 가진 손동작이었다. 하지만 남자가 잡아뗀다면? 괜한 사람을 의심한다고 오히려 화를 내고 항의한다면? 또 휴대폰에서 바로 삭제를 한다면? 정용은 혼자 고민을 했다. 하지만 이내 정용은 자신의 마음이 실은 교대 시간과 싸우고 있다는 것을 깨달았다. 눈감으면, 못 본 척하면, 갈등도 딱 그 시급만큼만 찾아왔다가 사라질 것 같았다.

정용은 카운터에서 나와 남자에게 다가갔다.

"아저씨, 사진 지워요."

남자는 무덤덤한 얼굴로 정용을 바라보았다. 무슨……?

"저 다 봤어요. 얼른 지워요. 제가 보는 앞에서."

정용은 남자의 얼굴을 똑바로 내려다보면서 말했다. 밝은 편의점 조명 아래 남자의 피부는 더 깨끗하고 투명해 보였다.

남자는 아무 말 없이 자리에서 일어났다. 그러곤 들고 있던 휴대폰을 재킷 안주머니에 집어넣었다. 백팩을 메고 냅킨으로 테이블까지 쓱쓱 문지르고 나더니 뒤돌아 편의점 출입문 쪽으로 걸어갔다. 그 동작이 너무 자연스러워 정용은 순간적으로 움츠러들었다. 하지만 정용은 더 용기를 내야 한다고 생각했다. 정용은 남자의 뒤로 다가가 그의 백팩을 세게 잡아당겼다.

"너지, 이 새끼야! 네가 애들도 일부러 불러낸 거지!"

정용의 목소리가 편의점 안을 가득 메웠다.

고사리 한 봉지

그날, 진만은 피시방에 있었다.

　게임을 하러 간 것은 아니었고, 이런저런 구인 사이트를 둘러보기 위해 간 것이었는데…… 결과적으론 그냥 게임만 하고 말았다. 일자리는 눈에 띄게 줄어들어 있었고, 있다고 해도 대부분 영업직이나 경력직뿐이었다. 10분이나 둘러봤을까, 진만은 그냥 롤에 접속하고 말았다. 피시방엔 의외로 사람들이 많았다. 대부분 젊은 남자들이었는데, 서너 명씩 같이 온 일행으로 보였다. 몇몇은 대학생인 듯 온라인강의 창을 열어둔 채 게임에 열중하고 있었다.

"야, 이러면서 게임하니까 뭔가 졸라 보람찬 일을 하는 거 같다."

누군가 그렇게 말하자 다른 친구들이 낄낄거리면서 "너, 조심해라, 그러다가 인생 최초로 A+ 받을라?" 되받아치기도 했다. 전염병이 돌든 실직자가 늘든 밖에 비가 내리든 말든, 피시방 안은 안온하고 말랑말랑하고 안전해 보였다. 그게 진만을 조금 더 울적하게 만들었다. 어쨌든 진만은 지금 실직 중이었으니까. 이곳에서 들을 강의도 없었으니까.

그 할머니가 피시방 안으로 들어온 것은 그때였다. 진만은 그 할머니를 알고 있었다. 진만뿐만 아니라 이곳 근처 식당이나 카페를 이용해본 사람이라면 누구나 다 아는 할머니였다.

유아차를 끌고 다니면서 때 타월이나 수세미, 면봉 같은 것을 파는 할머니. 허리는 잔뜩 굽었고, 하얗게 센 파마머리에 언제나 삼선 슬리퍼를 끌고 다니는 할머니. 할머니는 다짜고 짜 남의 영업집 안으로 들어가 그곳 손님들에게 물건을 내밀며 또 다른 영업을 했는데, 물건값이 예상보다 좀 비쌌다. 진만도 두 번 김밥천국에 앉아 있다가 할머니가 내민 면봉을 얼떨결에 받아 든 적이 있었다. 할머니는 5천 원을 달라고 했다. 편의점에선 천 원에 파는 건데……. 진만이 어어, 하며 망설이자 할머니의 인상이 팍 구겨졌다.

"사지도 않을 거 번거롭게 구네……."

할머니는 그렇게 작게 투덜거렸다. 진만은 기분이 나빠졌다.

"잘했어요."

할머니가 나가자마자 김밥천국 주인아주머니가 그렇게 말했다.

"저, 할머니, 아주 상습범이라니까요. 갑부라는 소문도 있고…… 그렇게 사주지 말아야 정신을 차리지."

진만은 아무 말 없이 3500원짜리 떡라면을 먹었다.

피시방으로 들어온 할머니는 좌석마다 돌아다니면서 손님들에게 검은 비닐봉지를 내밀었다. 젊은 남자들은 노골적으로 인상을 쓰며 모니터만 노려보았다. 할머니는 굴하지 않고 한 명 한 명 찾아다녔다. 이윽고 할머니는 진만에게도 다가왔다. 진만은 슬쩍 할머니가 내민 검은 비닐봉지 안을 바라보았다. 고사리였다. 줄기가 길고 맥이 없는, 누군가의 주름 같은 갈색 고사리. 훅 비린내와 함께 농약 냄새가 퍼졌다. 할머니는 그것 역시 5천 원에 팔고 있었다. 진만은 고개를 저었다. 그래도 할머니는 쉬이 포기하지 않고 재차 검은 비닐봉지를 진만의 얼굴 앞으로 더 가까이 내밀었다.

"아이, 진짜!"

순간적으로 진만의 입에서 짜증이 튀어나왔다. 그 목소리는 진만이 전혀 예상치 못한 것이었다. 몇몇 남자들이 모니터 너머로 진만을 바라보았다. 아르바이트생도 진만 쪽으로 고개를 돌렸다. 그러나 할머니는 진만의 짜증에도 움직이지 않았다. 그게 진만의 어떤 감정선을 건드렸다. '왜 자꾸 이러는 거예요, 할머니…… . 할머니 이러고 다니는 거 모두 다 불편해한다고요! 할머니만 어려운 거 아니고, 나도 힘들다고요! 고사리가 지금 여기서 말이 되냐고요, 말이…… .' 진만은 그 말들을 모두 쏟아내고 싶었지만…… 그러나 아무런 말도 입 밖으로 꺼내진 못했다. 대신 그는 화난 표정으로 뒷주머니에서 지갑을 꺼내 5천 원짜리 지폐 한 장을 할머니에게 내밀었다. 할머니는 표정 변화 하나 없이 진만의 모니터 옆에 고사리를 놓아두고 뒤돌아섰다. 터덜터덜, 할머니가 끄는 슬리퍼 소리가 진만의 귓가에 오래 남았다. 모니터에선 비린내가 났다.

"그게 뭐야?"

자취방으로 돌아온 진만을 보며 정용이 물었다.

진만은 아무 말 없이 고사리를 싱크대 위에 올려두었다.

"뭐야, 고사리네. 쓸데없이 이걸 왜 샀어……?"

정용이 묻자, 진만은 침대에 누우면서 말했다. 피곤이 몰려왔다.

"그냥…… 피시방에서 샀어."

"피시방에서? 고사리를? 이게 무슨…… 아이템이냐?"

그러게. 생각해보니 그게 말이 안 되는 소리였다.

하지만 말이 안 되는 일들이 너무 아무렇지도 않게 일어나는 시절이니까.

"라면에 넣어 먹으면 맛있대."

진만은 귀찮은 듯 아무렇게나 둘러댔다.

"라면에?"

정용이 고사리와 진만을 번갈아 가며 바라보았다.

"야, 이거 다 먹으려면 한 박스는 있어야겠는데……."

진만은 더는 대꾸하지 않았다.

교회는 어디로 가시나?

"내가 불안해서 못 참겠다고!"

점장은 마치 유치원생처럼 상체를 흔들면서 큰 목소리로 말했다. 저러다가 또 발까지 구르겠네. 정용은 포스기를 만지작거리다가 조용히 입을 뗐다.

"그래도 요한이가 1년 넘게 잘해왔는데…… 그런 이유로 자른다는 게…….”

"내 말이! 나도 요한이 좋아한다고. 요한이 일 잘하는 것도 알고, 자르고 싶은 마음도 없다고! 그러니까 네가 설득 좀 해보라는 거 아니야?"

정용은 말없이 점장의 눈을 피했다. 그게 설득한다고 될 일

일까? 말이야 해보겠지만…… 이건 하나님만이 할 수 있는 일이 아닐까? 정용은 괜스레 편의점 천장을 바라보았다. 오랜만에 선 밤샘 근무 탓인지 형광등 불빛이 여러 개로 나뉘어 보였다. 다 잊고 그냥 자고만 싶었다.

요한은 정용과 같은 편의점에서 아르바이트하는 올해 스물일곱 살이 된 청년이었다. 대학에선 건축학을 전공했지만, 지금은 다시 신학대학원 상담학 석사과정에 진학하려고 준비 중에 있었다.

"상담학 석사? 그것도 뭔 학위가 필요한 거야? 그냥 자격증 따면 안 돼?"

요한은 정용의 바로 앞 타임이었다. 피곤하기도 할 텐데 재고 정리나 진열을 도와주고 나갈 때가 많았다. 그때부터 서로 친해졌고, 가끔 폐기된 삼각김밥이나 도시락을 같이 먹곤 했다. 요한은 정용을 형이라고 불렀다.

"그냥 상담이 아니고요 형, 이게 믿음의 자녀로서 교리에 근거한……"

"아아, 알았다, 알았어. 그냥 네가 하는 거니까 좋은 거겠지."

정용은 요한을 좋아했지만 때때로 답답한 생각이 들기도 했다. 예를 들면 얼마 되지도 않는 아르바이트 월급을 받아 십일조를 내거나 따로 감사 헌금을 내는 거, 야간 타임을 마치고 바로 1부 예배를 나가는 거. 그 시간과 정성을 자신에게 쓰면 어떨까? 아니, 그냥 그 반만이라도 저축을 하거나 다른 여가를 즐긴다면……. 하지만 어쨌든 그건 요한이 선택한 일이었고, 자신이 좋아하는 일이었으니까. 그 외에 요한은 성실하고 친절하고 배려심 많은 친구였다. 가끔 폐기된 삼각김밥을 먹기 전 큰 소리로 기도를 하거나 편의점 블루투스 스피커로 찬송가를 트는 것만 빼면. 요한이 교회에 가든 절에 가든, 정용에게 요한은 요한일 뿐이었다.

하지만…… 전염병이 돌고 있는 세계에서, 특히나 교회에서 확진자가 많이 나오는 상황에서, 요한의 종교는 단순히 요한의 세계로만 그치지 않았다. 더구나 요한은 내일부터 사흘간 교회 수련회를 간다며 점장에게 타임을 빼달라고 부탁한 처지였다. 거짓말이라도 좀 하지. 그냥 부모님께 다녀오겠다고 하지. 아니, 지금 이 시국에 교회 수련회를 간다고 하면 세상 어느 편의점 점장이 '그래, 그럼 잘 다녀오렴. 은혜 많이 받고' 한단 말인가? 뭐, 여기가 예루살렘 편의점인가? 정용은 점장이 저렇게 길길이 뛰는 것도 이해가 됐다. 알바가 확진자면…… 편의점 문을 닫아야 할 테니까.

이틀 전, 정용은 넌지시 요한에게 자기 생각을 말하기도 했다.

"이상하지 않니? 성당도 있고, 식당도 있고, 야구장도 있는데…… 왜 교회에서만 그렇게 확진자가 많이 나올까?"

정용의 말에 요한은 잠시 침묵을 지켰다. 그러곤 잠시 후 이렇게 말했다.

"형……. 우리 교회는 젊은 친구들이 몇 명 없어. 다 할머니들뿐이야……."

요한은 잠깐 쓸쓸한 표정을 지었다.

"내가 안 가면…… 마스크 챙겨줄 사람도 없어……. 식사도 따로 챙겨드려야 하고."

"아니, 그러니까 이럴 땐 수련회 같은 건 쉬는 게……."

정용은 저도 모르게 목소리를 높였다가 말꼬리를 흐렸다.

"우리 목사님은 안수기도를 꼭 해야 한다고 믿는 분이거든……."

요한은 괜찮을 거라고, 이번 수련회는 어디 다른 곳으로 가는 것도 아니고 교회에서 하는 거라고 말했다.

정용은 편의점 근무를 마치고 자취방으로 돌아오면서 요한에게 문자메시지를 보낼까 말까, 계속 망설였다. 보낸다고 달라지는 것이 있을까? 점장의 마음을 돌릴 수 있을까? 정용은 자취방에 거의 다 도착했을 무렵에야 짧은 문장 하나를 겨우 완성할 수 있었다.

"요한아, 마스크 꼭 써야 한다! 찬송가 부를 때도 꼭!"

정용은 전송 버튼을 누르려다가 그냥 메시지를 삭제해버리고 말았다.

아직 살아 있다

　김준태 씨(29)는 직업군인으로 4년을 복무한 후 사회에 나
왔다. 그때 그의 통장에 모인 돈은 총 2500만 원. 그는 서른
살이 되기 전까지 5천만 원을 만들어 장사를 할 계획이었다.
음식 장사. 그는 다른 것은 생각하지 않았다.

　그는 전라북도 남원에서 태어났다. 아버지는 배관공과 한
팀을 이뤄 전국 건설 현장을 돌아다니는 용접공이었고, 어머
니는 바로 아래 여동생이 차린 추어탕집에서 홀과 주방을 오
가며 일했다. 위로는 네 살 터울의 누나가 한 명 있었고, 외할
머니가 그들 남매를 돌봐주는 날이 많았다. 그는 학교 공부에

는 흥미가 없었지만, 어릴 때부터 음식 솜씨가 좋았다. 초등학교 6학년 때 이미 혼자 힘으로 오이소박이나 마늘장아찌를 담그기도 했다. 그가 기억하기로 좋았던 시절은 딱 거기까지였다.

숙련공으로 꽤 많은 일당을 받던 그의 아버지는 목포 조선소 파이프 연결 공사에 들어갔다가 아르곤가스에 질식돼 의식을 잃고 말았다. 빠르게 병원으로 옮겼지만 이미 뇌 정지 상태. 그의 아버지는 그 상태 그대로 3개월을 버티다가 그가 중학교 1학년 여름방학 때 사망했다. 따로 소속된 회사가 없었기 때문에 위로금이나 보험금은 나오지 않았다. 그의 어머니는 장례를 치른 다음다음 날부터 다시 추어탕집에 출근했고, 그의 누나는 고등학교를 졸업하자마자 담양에 있는 한과 공장에 취업했다.

군 전역 후 그는 남원에서 가까운 광역시의 한 대기업 물류센터에서 일하기 시작했다. 아침 7시에 출근해 오후 3시까지 상차 작업을 했는데, 4대 보험에 명절 상여금이 따로 나왔다. 그는 그곳에서 2년 동안 일했고, 고시원비와 식비를 뺀 대부분의 월급을 저축했다. 퇴근하면 고시원 침대에 누워 휴대폰으로 유튜브를 보는 게 거의 유일한 낙이었고, 따로 게임이나 운동 같은 것은 하지 않았다. 그는 이발 가위를 사서 직접 자신의 머리카락을 자르기도 했다.

자신의 식당을 개업하기 전, 마지막 1년 동안은 광역시 중심 상권에 위치한 한 족발집 주방에서 아르바이트를 했다. 홀주문보다 배달 주문이 더 많은 곳이었는데, 가게 주인은 직접 족발을 삶지 않고 기성품을 사다 썼다. 그래도 그곳에서 밑반찬을 만들고 설거지를 하며 식당 돌아가는 분위기를 배울 수 있었다고, 그는 말했다. 그래서 들어간 식당이기도 했다고.

올해 초, 그는 광역시 동구에 위치한 한 4년제 대학교 정문에서 가까운 4층짜리 건물 2층에 자신의 식당을 개업했다. 보증금 3천만 원에 월세는 120만 원, 따로 권리금은 없었다. 원래 피자와 스파게티를 팔던 곳이었는데, 프랜차이즈 피자에 밀려 장사가 잘 안됐다고 한다. 전 주인은 그에게 주방기기 일체를 무료로 넘겼다. 그래도 천장과 바닥 공사, 테이블과 의자, 간판을 교체하느라 2천만 원에 가까운 돈이 들었다. 그는 그곳에 즉석 떡볶이집을 냈다. 추가로 주꾸미와 삼겹살, 차돌박이를 함께 주문할 수 있도록 메뉴를 짰다. 인테리어가 모두 끝나고 가게를 오픈하기 전, 그는 고시원에 있던 짐을 모두 뺐다. 가게에서 먹고 잘 생각을 한 것이었다. 어차피 짐도 얼마 없었으니까, 교통비도 아낄 겸 그게 낫다고 생각했다. 그는 올해 2월 중순에 가게를 오픈했다. 개강 시즌에 맞춰 모든 준비를 마친 것이었다. 그리고 그때 코로나19가 터졌다.

거기까지가 편의점에서 근무하는 정용이 들은 그의 사정의 전부였다. 가끔 편의점에 들러 컵라면과 소주를 사가던 청년. 눈썹 숱이 많고 말투가 좀 딱딱하던 남자. 그가 어젯밤 119 구급대에 의해 가게에서 실려 나가는 것을 정용이 목격했다. 때마침 와 있던 편의점 점주와 정용, 그리고 인근 가게 사장들이 도로에 나왔다. 영양실조래, 영양실조. 누군가 작은 목소리로 말하는 게 들렸다. 누나가 신고를 했대……. 그 누

나 아니었으면 큰일 날 뻔했던 게 손가락에 가위를 끼고 있더
래……. 사람들은 구급차가 떠나간 뒤에도 계속 수군거렸다.
정용은 사람들의 말을 듣다가 가만히 그의 가게를 올려다보
았다. 불 꺼진 그의 가게 간판.

'生 즉석 떡볶이'.

그게 그의 가게 상호였다.

그래도 아직 살아 있다.

정용은 저도 모르게 그 말을 중얼거렸다.

어떤 경비원의 삶

자정 무렵 진만은 아버지의 전화를 받았다.

자정이라면 아버지가 아파트 경비 초소에서 야간 취침에 들어야 할 시간이었다. 아버지의 음성은 조금 가라앉아 있었지만 취기는 느껴지지 않았다.

"너한테 할 말은 아니지만…… 이걸 어찌해야 할지 몰라서 말이다……."

아버지는 느릿느릿 이야기를 시작했다.

아버지가 오피스텔 야간 경비를 그만두고 인근 대단지 아파트로 직장을 옮긴 것은 올해 봄의 일이었다. 오피스텔보다 근무 환경이 더 낫다고 해서(오피스텔은 취침할 만한 곳이 여의치 않아 늘 책상에 엎드려 자야만 했다), 뒤도 돌아보지 않고 바로 출근했는데, 하나 걸리는 게 있었다고 한다. 계약 시 근무 기간이 6개월로 정해져 있었다는 것. 아버지가 그 부분을 염려하자 용역회사 부장이라는 사람이 귀찮다는 듯 툭 말을 건넸다고 한다.

"아이 참, 그게 원래 조건이라니깐요. 웬만하면 다 연장될 거예요."

아버지는 그 말을 믿었고, 그래서 바로 서명했다. 코로나19 시국인지라 경비원 자리 하나를 두고도 여러 명이 줄을 서는 상황이었다.

600세대가 조금 넘는 아파트인지라 일은 많았다. 재활용이나 음식물 쓰레기 처리뿐만 아니라 주변 환경미화와 조경, 택배 처리까지, 아버지는 쉴 틈 없이 일했다. 일은 고됐지만 그래도 경비 초소에 에어컨도 설치되어 있어 딱히 불만은 없었다. 이 정도면 어디 가서 빠지지 않는 자리라고, 아버지의 교대 근무자가 말했다.

문제는 지난달, 새로 입주민대표자회의 회장이 선출되면서부터 시작되었다. 새 회장이 내건 공약은 현재 여섯 명인 경비원을 네 명으로 줄이겠다는 것. 그로 인해 세대마다 매달 관리비 1만 5천 원을 절감할 수 있다는 것. 경비원은 줄어들지만 무인 택배 시스템과 CCTV 확충으로 입주민 불편은 최소화하겠다는 것. 그는 그 내용을 아파트 엘리베이터마다 게시했다(그 게시물 부착 또한 아버지를 포함한 두 명의 경비원이 했다). 그는 압도적인 지지로 입주민대표자회의 회장에 선출되었다고 한다.

"경비원들 다 문제였지 뭐……. 우리 중 두 명만 자른다는 게 아니고, 전원 계약 해지하고 새로 네 명을 뽑겠다고 했으니까."

아버지와 다른 경비원들은 소속되어 있는 용역회사에 도움을 청했으나, 그쪽에서도 어쩔 수 없다는 빈응이었다. 입주민 대표자에게 밉보였다간 바로 회사 자체와의 계약도 해지될 수 있으니까……. 새로 뽑힌 입주민 대표자가 워낙 이쪽 일에 훤한 사람 같아서……. 용역회사 부장은 그렇게 말을 흐렸다고 한다.

아버지와 다른 경비원들은 절망하고 체념했지만 의외의
반전이 일어났다고 한다. 입주민대표자회의에 참석했던 사
십대 동 대표 두 명이 경비원 구조조정에 반기를 든 것이다.
관리비 조금 아끼자고 어떻게 사람을 그렇게 쉽게 해고하나?
경비원에 대한 갑질 문제가 이곳저곳에서 벌어지고 있는 마
당에 우리 또한 같은 일을 저지르는 거 아닌가? 만약 계속 이
렇게 밀어붙이면 언론이나 SNS를 통해 알리겠다……. 결국
그 두 명의 동 대표로 인해 경비원 구조조정에 대한 안건은
보류되었고, 아버지와 다른 경비원들은 일자리를 지켜낼 수
있었다.

"그러면 잘된 거 아닌가요?"
진만이 묻자, 이번엔 아버지가 잠시 침묵했다.
"잘됐는데…… 나도 그 두 분이 참 고마운데…… 어제 말
이다, 그분들 중 한 분이 재활용장 옆에 커다란 책장을 버리

겠다고 내놨거든……. 그건 따로 돈을 내고 수거해야 할 물품이어서, 그게 1만 2천 원인데, 내가 참 그분이 고마운 건 알겠는데, 말을 안 하고 그냥 가시길래 따로 말을 했거든. 이게 1만 2천 원을 내야 한다고. 그랬더니 그분이, 그 사십대 남자가, 나를 한번 쓱 훑어보고 아무 말 없이 그냥 가는 거야. 마치 기분 나쁜 말을 들은 사람처럼……."

아버지는 그 말을 하고는 한숨을 길게 내쉬었다.

"그때부터 내가 이렇게 불안한 거야. 내가…… 내가 잘못한 거니? 그냥 내가 1만 2천 원을 내는 게 맞는 거니?"

아버지의 질문에 진만은 아무런 대답도 못한 채 가만히 휴대폰만 들고 서 있었다. 어떻게 하는 게 더 좋은 건지 쉽게 판단할 순 없었지만, 아아, 그냥 진만은 그 모든 게 까닭 없이 서글프고 수치스러웠다.

영혼까지 끌어 쓴다는 일

올 것이 오고 말았구나.

정용은 원룸 주인과 통화를 마치자마자 그런 생각이 들었다. 하긴 오래 버티기도 버텼지. 다음 달 계약 만료를 앞두고 받은 전화였다. 그동안 정용과 진만은 보증금 없이 월세 30만 원만 내고 원룸에 거주했다. 그 세월이 3년이었다. 반지하였고, 지하철역까지 걸어서 20분 가까이 걸리는 집이었지만, 정용과 진만은 아무런 불만이 없었다. 욕실 샤워기 수압도 문제 없었고, 도시가스도 아무 이상 없었으니까. 그러면 됐다. 3년 동안 월세 한 번 올리지 않는 집주인을 만난다는 게 어디 쉬운 일인가. 그게 그들의 유일한 행운이라고 믿고 살았다.

집주인은 월세는 그대로 두고 새로 보증금만 500만 원을 더 받겠다고 했다. 그는 그러면서 정말 미안해했는데, 하나뿐인 아들이 갑자기 정리해고를 당해 어떻게 치킨집이라도 차려주고 싶어서 그러는 거라는 말을 덧붙였다. 정용은 네, 네, 그러셔야죠, 하고 전화를 끊었다. 잠깐 얼굴도 모르는 집주인 아들을 걱정하기도 했다.

처음부터 정용은 이사할 마음 같은 건 먹지 않았다. 수도권이 아닌 지방 광역시였지만 이 정도 크기의 원룸을 이만한 보증금으로 얻기란 쉬운 일이 아니었다. 그게 어려우면 다시 고시원으로 들어가야 하는데 정용은 그건 싫었다. 생판 모르는 사람들과 공용 욕실을 쓰고, 공용 냉장고를 사용하는 것도 싫었다. 무엇보다 매달 나가는 돈이 컸다. 어쨌든 고시원은 방 하나에 둘이 같이 살 순 없는 일이니까.

"500만 원이나? 갑자기?"

진만에게 말하자 그런 반응이 돌아왔다. 그동안 정용과 진만은 반반씩 월세를 부담했다. 하지만 진만이 일을 하지 못하고 쉴 때가 종종 있어서 정용이 22만 원을 낼 때도, 18만 원을 낼 때도 있었다. 그렇게 더 낸 돈이 50만 원도 넘었다. 정용은 그 금액을 정확히 기억하고 있었다.

"뭐 어떻게 마련해봐야지. 250만 원씩 부담하면 되는 거 아니야?"

하지만 정용은 지금 진만의 수중에 25만 원도 없다는 것을 잘 알고 있었다. 남들은 몇억 원씩 되는 아파트를 영혼까지 끌어 마련한다고 하는데…… 그렇다면 진만의 영혼은 과연 어떤 영혼인가? 무슨 다이소 같은 영혼인가? 다이소에서 파는 5천 원짜리 지갑에 깃든 영혼인가?

그다음 날부터 정용은 휴대폰을 들고 누군가와 통화하는 진만의 모습을 종종 목격했다.

"그럼, 그럼. 이게 보증금이어서…… 글쎄 그렇다니까 딱 묶여 있는 돈이라니까…… 그래? 그럼 어떻게 한 50만 원이라도 안 될까? 30만 원도 괜찮고."

진만은 여러 명에게 돈을 나눠 빌릴 작정인 듯했다. 그렇게 친하지 않았던 대학 동기한테도 전화했고, 예전에 함께 아르바이트했던 형에게도 연락했다. 심지어 그는 대학교 2학년인 사촌 동생한테까지 전화했는데, 그래도 그 동생이 가장 빨리 10만 원을 보내주었다.

정용은 그 모습을 보면서 아무 말도 하지 않았다. 사실 정용의 통장에는 500만 원이 조금 넘는 돈이 들어 있었다. 그가 매달 15만 원씩 3년 가까이 모은 돈이었다. 어디 달아나지도 않는 돈이었으니까, 그냥 정용이 다 내도 됐지만……. 그는 그렇게 하고 싶지 않았다. 그러면 정말 진만 대신 내준 50만 원도 못 받을 것만 같았다. 하루에도 몇 번씩 그 생각을 하니까 정용은 자신의 영혼도 딱 그만한 크기가 돼버린 듯했다.

"아버지한테 부탁해보지 그래?"

정용은 불을 끄고 누워 있다가 조용히 진만에게 말을 걸어보았다. 진만은 그날도 눕기 직전까지 누군가에게 계속 문자를 보냈다.

"그게 좀……. 아버지도 어려운데……."

진만의 아버지는 아파트 경비원이었다. 그 일을 해서 버는 돈으로 할아버지와 단둘이 살고 있다고 들었다.

정용이 아무 말 없이 벽 쪽으로 모로 눕자, 진만이 낮은 목소리로 말했다.

"예전에, 내가 중학생일 때, 우리 아버지가 처음 연립주택을 마련해서 들어갔거든. 그때 이삿짐이 들어가기 전에 아버지가 연립주택 시멘트 바닥에 넙죽 절하고 막걸리도 뿌리더라구……. 그때 난 그게 그렇게 이상해 보였는데……. 요즘엔, 이야 그래도 우리 아버진 집에 절도 해봤구나, 그런 생각이 들더라구."

진만의 말은 거기서 끝났다. 정용은 어둠 속에서 가만히 벽을 보고 누워 있었다. 후에 정용은 그 밤에 대해서 오랫동안 기억하게 되었고, 또 후회하게 되었다. 자신의 영혼이 그 밤에 꽉 묶여버린 것 같기도 했다. 후회해도 아무 소용없었지만, 진만에게 닥친 불운이 이미 그 밤에서부터 시작되어버린 것만 같았다.

정용은 자신이 그렇게 만들어버린 것만 같았다.

메리 크리스마스

진만은 자취방으로 돌아오는 길에 한 통신회사의 설문조사에 응했다. 5분 정도 설문조사에 참여해주면 사은품을 준다는 산타 복장을 한 영업사원의 말에 그러지 뭐, 바쁜 것도 없는데, 순순히 볼펜을 집어 들었다. 휴대폰은 몇 년에 한 번씩 교체하는가, 한 달 평균 데이터 사용량은 얼마인가 같은 질문에 진만은 진지하게, 고심하면서 답을 적었다. 서술형 문항까지 정성스럽게 적은 진만에게 영업사원은 작은 비닐봉지 하나를 내밀었다. 그게 사은품이라고 했다.

"이게 뭐죠?"

진만이 묻자 영업사원이 산타 모자를 고쳐 쓰며 답했다.

"크리스마스카드입니다. 메리 크리스마스!"

진만은 무표정한 얼굴로 그를 바라보았다. 어쩐지 속은 듯한 기분이 들었다.

자취방으로 돌아와 진만은 한참 동안 휴대폰으로 유튜브를 봤다. 그러다가 책상 위 아무렇게나 던져둔 크리스마스카드를 꺼내 보았다. 카드 봉투가 좀 크다 싶었는데, 꺼내 보니 나름 입체 크리스마스카드였다. 루돌프와 크리스마스트리와 산타가 마치 담장 뒤에 숨어 있던 아이들처럼 한꺼번에 튀어나왔다. 그리고 작게 흘러나오는 고요한 밤 거룩한 밤.

진만은 카드를 몇 번 접었다 펴기를 반복했다. 루돌프와 산타는 계속 웃는 얼굴로 등장했고 또 말없이 퇴장했다. 고요한 밤 거룩한 밤은 어쩐지 좀 슬프게 들리기도 했다. 진만은 크리스마스카드를 언제 받아봤나, 머릿속으로 떠올려보았다. 그러니까 이메일로 오는 크리스마스카드가 아닌, 진짜 크리스마스카드. 생각해보니 그건 진짜 오래전 일이었다. 초등학교 4학년 때인가 5학년 때인가, 집 근처 교회에 다닌 석이 있었다. 그때 교회 초등부 선생님들과 친구들에게서 받은 카드가 처음이자 마지막이었다. 하나님의 은총이 항상 너와 함께하기를. 주로 그런 내용이었다. 그 친구들은 다 은총을 받았을까? 한데 왜 우리 집은 크리스마스 때 외식은커녕 치킨 한번 시켜 먹지 않았던가? 그 정도는 괜찮았을 텐데……. 진만은 괜히 섭섭한 마음이 들었다.

진만은 아버지에게 입체 크리스마스카드를 보내기로 했다. 바로 쓰다가 틀리면 곤란하니까, 진만은 포스트잇에 먼저 글귀를 적어보기로 했다.

아버지, 메리 크리스마스!

진만은 그렇게 적었다가 바로 쭉쭉 지워버렸다. 어쩐지 아버지가 뜨악하게 그 문장을 바라볼 것만 같았기 때문이다. 그럼, 뭐라고 적지? 진만은 궁리했다.

아버지, 크리스마스예요. 아버지, 아버지는 크리스마스 때마다 어떤 기분이셨어요? 그냥 제헌절이나 국군의 날하고 똑같았나요? 저는 요즘 좀 그렇거든요……. 그래도 아버지,

그냥 그런 날엔 치킨이라도 한 마리 시켜주시지.

진만은 거기까지 적다가 다시 다 지워버렸다. 아무래도 아버지에게 크리스마스카드를 보내는 건, 그건 좀 아닌 것 같았다. 난생처음 아들한테 받은 크리스마스카드에서 루돌프와 산타가 튀어나오면, 그러면 좀 놀라지 않으실까? 얘가 어디가 아픈가? 얘가 무슨 돈이 필요한가? 그렇게 생각하지 않으실까?

그럼 누구에게 보내지? 진만은 딱히 떠오르는 사람이 없었다. 몇몇 친구 얼굴이 떠올랐으나 주소도 몰랐고, 별달리 할 말도 없었다. 함께 사는 정용에게 보내는 게 가장 나을 텐데, 그건 또 쑥스러운 마음이 들었다. 얼마 전에 정용이 모자란 자취방 보증금도 다 내주었는데…… 어쩌면 그것 때문에 크리스마스카드를 주었다고 생각할지도 몰라. 아이 씨, 나는 왜 크리스마스카드를 쓰면서도 계속 돈 걱정을 하는 것일까? 이게 무슨 신용카드 전표에 사인하는 것도 아닌데…….

진만은 카드를 펼쳐놓고 한참 동안 바라보다가 무작정 그 위에 한 자 한 자 적어나갔다.

　진만아, 메리 크리스마스!

　진만아, 올해도 고생 많았다. 우유 회사 영업사원 하다가 금방 잘리기도 하고, 택배 일도 하고, 아프기도 하고. 넌 정말 루돌프처럼 살았어! 루돌프도 이렇게 웃고 있으니, 그러니 너도 좀 웃으렴.

　진만아, 크리스마스라고 어디 나가지도 말고, 방에만 있으렴. 올해는 다 같이 못 나가니까 그래도 좀 덜 쓸쓸하겠다. 그럼 정말 고요한 밤 거룩한 밤이 되겠지.

　진만아, 내년에도 잘 살자. 잘 살자!

진만은 거기까지 적고 카드를 덮었다. 정말 주위가 고요해진 기분이 들었다.

카 푸어의 마지막 밤

정용과 진만의 대학 동기인 상구는 일찍이 스물여섯 살 되던 해 벤츠 C200 쿠페를 부모 도움 없이 풀 할부로 구입한 진정한 카 푸어인데, 그로부터 3년이 지난 작년 말까지도 계속 그 신세 그대로였다.

"차는 말이야, 돈으로 사는 게 아니야. 그냥 용기로 사는 거지."

정용과 진만은 가끔 그의 차를 얻어 타고 광역시 외곽까지 드라이브를 나가곤 했다. 그때마다 상구는 룸미러 속 그들을 바라보며 말했다. 상구는 그때도 하루 여덟 시간씩 편의점 아르바이트로 일하고 있었다. 그렇게 버는 월수입 180만 원 중

130만 원을 차에 쓰고 있었다. 그는 지난 3년 동안 겨울 파카를 새로 사본 적 없었고, 운동화도 딱 한 켤레만 사봤다고 했다. 만 30세 이하여서 차 보험료만 300만 원 가까이 나온다고 했다.

"아니, 꼭 그렇게까지 차를 몰 이유가……."

언젠가 정용이 걱정스러운 표정으로 그렇게 말하자 상구가 대뜸 이렇게 물어왔다.

"너, 하차감이 뭔지 모르지?"

상구는 한 손으로 핸들을 잡고 운전석 유리창을 내렸다.

"내가 이 차 몰고 편의점 알바하러 가면 말이야, 사람들이 다 쳐다봐. 아, 쟤는 그냥 경험 삼아서 알바하나 보다, 아, 쟤가 편의점 사장이구나. 다 그런 눈으로 보는 게 느껴진다니까."

"그래서 변하는 게 뭔데?"

"변하는 거? 그런 건 없지. 그냥 그런 삼정을 느끼는 게 중요하다고. 넌 그런 거 모르지?"

정용은 상구가 이해되지 않았다. 그런 감정 따위 알고 싶은 마음도 없었다. 그러거나 말거나 진만은 조수석에 앉은 채 차에서 흘러나오는 음악에 맞춰 까닥까닥, 상체를 흔들어댔다. 상구는 사람들이 많은 인도를 지날 때마다 꼭 차창을 내리고 볼륨을 높였다. 정용은 그때마다 고개를 숙이곤 했다.

그런 상구가 자신의 벤츠를 중고차 온라인매장에 내놓은 것은 지난달 중순의 일이었다. 딜러에게 맡기면 감가가 많이 된다고, 개인 간 직거래로 차를 처분할 작정이라고 했다. 그리고 매물로 내놓은 지 이틀 후, 어쩌면 마지막 드라이브가 될지도 모른다고 정용과 진만을 태우러 왔다.

자정이 조금 넘은 시간이었고, 눈발이 조금씩 날리는 추운 겨울밤이었다. 상구는 평상시와 다르게 음악도 틀지 않고, 천천히 시내 쪽으로 차를 몰았다. 사람들이 있으면 상구가 좋아하는 하차감이라도 느낄 수 있으련만, 코로나19 탓인지 연말의 거리는 한산하고 쓸쓸하기까지 했다. 정용과 진만은 왜 갑자기 차를 처분하려고 하는지, 상구에게 묻지 않았다. 그건 굳이 묻지 않아도 저절로 알게 되는 일이었다. 상구는 히터도 틀지 않은 채 말없이 운전대만 잡고 있었다.

차가 신호등에 걸렸을 때, 상구가 혼잣말처럼 작은 목소리로 말했다.

"우리 씨댕이…… 이제 좋은 주인 만나겠지……."

상구는 자신의 차를 그렇게 부르곤 했다.

"좋은 주인 만나서 고급유도 마음껏 먹고 타이어도 좋은 거로 갈아 신고 광택도 내주고……."

상구는 말을 끝맺지 못하고 울먹거리기까지 했다. 이게 무슨…… 정용은 멀거니 상구의 뒤통수를 바라보았다. 조수석에 앉아 있던 진만은 상구의 어깨를 토닥거리며 "그럼, 그럼. 얘도 이제 좋은 곳으로 가야지" 하면서 위로해주었다.

얼마 가지 않아서 상구가 룸미러로 정용을 보며 물었다.

"정용아…… 혹시 만 원 있니?"

정용이 아무 말 없이 상구를 바라보자 이런 말이 돌아왔다.

"마지막으로 내가 얘 기름 좀 넣어주고 싶어서. 딱 만 원이면 내일까지 몰 수 있을 거 같은데……."

정용은 지갑에서 만 원짜리 한 장을 꺼내 상구에게 건넸다.

내가 미쳤지. 뭐 한다고 얘를 쫓아 나와서…….

하지만 정용은 이내 상구가 짠하게 느껴지기도 했다. 그건 예전 그가 했던 말이 떠올랐기 때문이다.

"난 말이야, 카 푸어란 말이 정말 듣기 좋아. 하우스 푸어, 빌딩 푸어, 카 푸어. 이런 말들 멋있지 않냐? 뭔가 막 의지 같은 게 느껴지는 거 같고. 그런 거 빠지면 우린 그냥 푸어잖아, 푸어."

상구는 그 말을 하면서 뭐가 그렇게 신이 나는지 차창 밖으로 알 수 없는 괴성을 지르기도 했다. 이제 상구는 그냥 푸어가 되어버렸다. 아무것도 붙지 않아 더 쓸쓸한 푸어.

목걸이

진만은 자취방으로 돌아오는 골목길에서 금목걸이 하나를 주웠다.

100원짜리 동전만 한 펜던트가 달린 목걸이였는데, 펜던트엔 십자가 문양이 각인되어 있었다. 펜던트 또한 금인 것 같았고, 제법 무게가 느껴졌다. 자정 무렵이었다. 골목길엔 저녁부터 내린 눈이 천천히 쌓이고 있었다. 진만은 목걸이를 든채 어두운 하늘을 한번 바라보았다. 눈은 마치 서로 싸우는 것처럼 자리다툼을 하며 내리고 있었다. 진만은 그 모습을 한동안 쳐다보다가 다시 자취방 쪽으로 걸어가기 시작했다. 금목걸이는 어느새 그의 바지 주머니에 얌전히 들어가 있었다.

자취방으로 돌아와 그는 좀 더 자세히 금목걸이를 살펴보았다. 펜던트 뒷면에는 음각으로 '박지수'라는 이름과 휴대폰 번호가 새겨져 있었다. 아이 거였구나, 미아 방지용 목걸이 같은 건가 보네. 진만은 금세 풀이 죽은 표정이 되었다. 그러면서도 계속 옷소매로 펜던트를 문질렀다. 형광등 불빛을 받은 펜던트는 흠집 하나 없이 말끔했고, 그래서 아이의 이름과 전화번호는 더 선명하게 보였다. 진만은 함께 사는 정용이 퇴근하고 돌아왔을 때도 금목걸이에 대해선 말하지 않았다. 조용히 추리닝 주머니에 그것을 넣었을 뿐이다. 그러곤 욕실에 들어가 세면대에 달린 거울을 보며 자신의 목에 직접 걸어보았다. 머리가 커서 바로 들어가지 않았고, 연결 고리를 풀고 나서야 겨우 목에 걸 수 있었다. 목걸이 하나 했을 뿐인데도 거울에 비친 자신의 모습이 왠지 낯설어 보였다. 어쩐지 어린 아이가 된 듯한 기분도 들었다. 부모 손을 놓친 것처럼 일부러 슬픈 표정을 지어 보이기도 했다.

다음 날 오전, 진만은 펜던트에 새겨진 번호로 전화를 걸었다. 그래도 돌려줘야지. 진만은 마치 배우처럼 고개를 끄덕거리며 혼잣말을 했다. 전화는 잘 연결되지 않았다. 진만은 연이어 두 번 더 전화해보았고, 그래도 받지 않자 더 이상 걸지 않았다. 그는 바로 인터넷에 들어가 금목걸이 시세를 알아보았다. 24K의 경우 무게에 따라 다를 수도 있지만 대강 100만 원 가까이 한다고 나와 있었다.

연락을 안 받으니까 어쩔 수 없지. 어디 이민 갔을지도 모르고…….

진만은 사흘 후 돌아오는 카드 결제일을 떠올렸다. 이번 달 결제 금액은 40만 원인데 통장에 남은 돈은 채 15만 원도 되지 않았다. 그래도 한 30만 원쯤 받을 수 있지 않을까? 그러면 리볼빙을 또 하지 않아도 될 텐데.

그날 오후 진만은 자취방에서 버스로 30분쯤 떨어진 지하 상가에 있는 한 귀금속 매장에 들렀다. 회색 유니폼을 입은 점원이 근무하는 귀금속 프랜차이즈 매장이었다. 진만은 매장 앞에서 괜스레 휴대폰을 들여다보았다. 전화는 여전히 걸려오지 않았다. 진만은 숨을 크게 한번 들이마신 후 매장 안으로 들어갔다.

"저기…… 이 목걸이를 한번 봐주실 수 있을까 해서요……."

점원은 말없이 목걸이를 건네받았다.

"그러니까 이게…… 제 조카 건데…… 이민을 간다고 해서요……."

진만은 그러지 않으려고 했는데 계속 말을 더듬거렸다. 점원은 목걸이를 들고 매장 한쪽에 있는 별실로 들어갔다. 진만은 손님용 회전의자에 앉아 계속 그쪽을 힐끔거렸다. 그냥 지금이라도 여기 놔두고 밖으로 나갈까? 진만은 계속 그 충동을 느꼈다. 하지만 그게 더 이상할 것 같았다. 진만은 일부러 허리를 더 곧추세웠다.

"저기 이게 펜던트만 14K고 체인은 금이 아니네요."

별실에서 나온 점원이 진만 앞에 목걸이를 내려놓으며 말했다.

"아, 네……. 그런가요."

진만은 당황하지 않은 표정을 지으려고 애썼다

"그리고 이게…… 아이들이 하는 게 아니고…… 왜 치매 어르신들 하는 목걸이 있잖아요? 그거랑 같은 디자인인데……."

진만은 자리에서 일어나 다급히 목걸이를 다시 주머니에 집어넣었다.

"아, 네……. 이게 원래 저희 할머니가 하시던 목걸이인데……."

진만은 거기까지 말을 하다가 그냥 입을 닫아버렸다. 그러곤 마치 쫓기는 사람처럼 매장 밖으로 빠르게 걸어 나갔다.

그날 밤까지 진만은 펜던트에 적힌 번호로 서른 번도 넘게 전화를 걸었다. 전화는 계속 연결되지 않았다. 눈은 이틀째 쉬지 않고 내리고 있었다.

누군가 머물렀던

진만은 한 생활폐기물 업체에서 아르바이트를 하게 되었다. 예전 택배 아르바이트를 함께하던 성구 형이 그쪽 업체 반장을 맡고 있었는데, 진만에게 일자리를 만들어준 것이다.

"간단해. 그냥 아무도 살지 않는 시골집에 가서 세간 살림 빼고 정리해주고 오면 끝나는 거야."

일당은 다른 아르바이트보다 높았다. 가고 오는 시간까지 계산한 것이라고 했다.

"좋잖아. 그래도 봄인데 시골로 나들이 가는 것 같고."

그러고 보니 어느새 목련꽃들이 삶은 달걀처럼 빼곡히 허공에 매달려 있는 계절이 와 있었다.

진만이 성구 형과 그날 처음 보는 박씨라는 사람과 함께 1톤 트럭을 타고 도착한 곳은 광역시에서 한 시간 반 정도 떨어진 면 소재지였다. 오래된 구옥 20여 채가 모여 있는 작은 동네였다. 동네 앞으론 아직 녹지 않은 눈이 희끗희끗 남아 있는 양파밭이 펼쳐져 있었고, 뒤론 버석하게 마른 대나무들이 늘어선 야트막한 산이 있었다. 오전 10시쯤 도착했는데, 골목길엔 사람 한 명 지나다니지 않았다. 진만이 오늘 작업할 집은 동네 초입에 위치한 기와집이었다. 대문 바로 옆에 행랑채가 딸려 있고, 슬래브 지붕을 얹은 작은 창고와 텃밭이 있는 집이었다. "할머니 혼자 살다가 돌아가신 집이지. 자식들이 정리하려고 우릴 부른 거고…… 봄 되면 이렇게 정리하는 시골집들 많아."

　성구 형이 트럭 뒤에서 포대 자루를 꺼내며 말했다. 진만은 목장갑을 끼면서 집 주변을 둘러보았다. 텃밭 옆에 동백나무 한 그루가 힘없이 서 있는 모습이 보였다. 아이 씨…… 봄나들이 가는 거라더니.

작업은 안방부터 모든 세간살이를 마당으로 빼내는 일부터 시작되었다. 한지가 발라진 미닫이문을 열자 퀴퀴하고 시큼한 냄새가 마스크를 뚫고 들어왔다. 진만은 잠시 숨을 참은 채 안방의 풍경을 바라보았다. 자개장롱이 있고, 작은 TV와 요강이 놓인 방이었다. 벽에는 빛바랜 아이의 유치원 사진과 한복을 입은 할아버지의 커다란 증명사진, 그리고 할머니 여러 명이 제주도에 가서 찍은 사진이 걸려 있었다. 그리고 이불……. 누군가 이미 자개장롱에 있던 이불을 방 한가운데로 모조리 꺼내놓았다.

"여기도 자식들이 이미 다 뒤진 거야. 자기 엄마가 뭐 숨겨놓은 거 없었는지."

성구 형은 그렇게 말하고 이불들을 발로 휘휘 한쪽으로 몰았다. 박씨는 커다란 장도리를 들고 장롱 문을 뜯어내기 시작했다. 진만은 TV와 장롱 문짝을 마당으로 옮겼다. 처음엔 조심조심 내려놓던 것이 채 20분도 지나지 않아 그냥 멀찍이서 내던지는 것으로 변했다.

"그래도 자식들이 한번 안 들여다보네?"

진만이 묻자 성구 형 대신 박씨가 대답했다.

"이거 벌써 팔린 집이에요."

박씨 말인즉 요즘 이런 시골집들은 유튜브로 소개되고 바로 거래가 이뤄진다고 했다. 그리고 생활폐기물 업체에 연락해 짐을 정리한다는 것. 그런 집들만 골라 다시 싹 인테리어를 바꿔 되파는 업체들도 있다고 했다. 이 동네만 해도 반 이상이 빈집이라는 말도 덧붙였다.

한참을 작업하고 있을 때 대문가에 할머니 두 분이 낡은 유아차에 의지해 서 있는 모습이 보였다. 그 할머니들 때문인지 성구 형도, 박씨도 짐을 내려놓는 손길이 조심스러워졌다. 할머니 한 명이 기어이 성구 형 쪽으로 다가와 "이런 건 돈이 얼마나 드냐"고 묻기도 했다.

작업은 오후 3시쯤 마무리되었다. 짐을 모두 빼낸 집은 더 작아 보였고, 더 낡아 보였다. 1905년에 지어진 집이라고 했다. 박씨는 그릇들을 정리하다가 놋쇠로 된 밥주발과 공기를 챙겼는데, 돌아오는 트럭 안에서도 그것을 계속 소매로 닦아 댔다. 이런 게 잘 닦으면 빈티지가 된다는 말을 했다. 진만은 그 모습을 보면서 자신이 포대 자루 안으로 버린 사진 한 장을 떠올렸다. 할머니가 쓰던 베개를 버리다가 그 안에 담긴 쌀겨가 쏟아져 내렸는데, 거기에 사진 한 장이 들어 있었다. 한 남자가 학사모를 쓴 채 어머니를 안고 있는 모습이었다. 누군가 베개도 뜯어본 것 같았는데…… 그 사진은 왜 챙기지 않았던 걸까? 사진 속 어머니의 얼굴은 어쩐지 주눅이 잔뜩 든 표정이었다. 진만은 까닭 없이 마음이 불편해 트럭 밖으로 시선을 돌렸다. 할머니 두 분이 허리를 잔뜩 구부린 채 느릿느릿 걸어가고 있는 모습이 보였다.

사소한 작별

정용은 아무래도 이해가 되지 않았다. 내가 뭘? 뭘 어쨌다고? 같이 사는 처지에 아니, 그 정도 말도 못 한단 말인가? 예전에는 더 심한 말도 했는데……. 정용은 혼자 따져보다가 기분이 더 상해버렸다. 가든 말든 마음대로 하라지. 내가 뭐 아쉬운 게 있다고……. 정용은 그렇게 진만이 나간 방문을 바라보다가 마음의 문마저 휙 닫아버렸다.

시작은 사소한 말 한마디부터였다. 편의점 야간 아르바이트를 마치고 돌아온 정용이 켜져 있는 컴퓨터 모니터를 보며 "안 쓸 땐 쫌!" 하고 짜증을 냈다. 침대에 누워 스마트폰을 보고 있던 진만은 "왔냐?" 하며 아무렇지도 않은 표정을 지었다. 컴퓨터는 정용의 것이었고, 진만이 누워 있는 침대도 정용의 자리였다. 진만은 평소 침대 아래에 삼단요를 깔고 잤다. 가뜩이나 컴퓨터 쿨러 상태가 안 좋으니까 웬만하면 쓰지 말라고 했는데도 진만은 매번 귓등으로 흘려들었다. 정용이 낮은 한숨을 내쉬며 옷을 갈아입고 있는데 뒤에서 진만이 말을 걸었다.

"야, 세상이 진짜 어떻게 돌아가려고 이러냐? 애견 미용학원에서 강아지들을 함부로 막 다루고 그러나봐."

진만은 스마트폰 화면을 정용 쪽으로 내보이며 정말 걱정스러운 표정을 지었다. 작은 요크셔테리어 한 마리가 물에 흠뻑 젖은 채 바들바들 떨고 있는 모습이 보였다.

"얘네들 찬물에 목욕시키고, 목도 막 비틀고 그런다네."

정용은 진만의 말에 대꾸하지 않았다. 네가 지금 개들 걱정할 때니? 정용은 속으로 웅얼거렸다. 진만은 지난주엔 서울시장 선거를 두고도 온갖 걱정을 늘어놓았다.

"이십대가 뭐? 자기들이 뭔데 가르치려 드는 거야? 어휴,

하여간 꼰대들은 자기 마음에 안 들면 다 개새끼래."

정용은 그때도 속으로 말했다. 전라도에 사는 네가 왜 서울 시장 걱정을 하니? 나는 네가 더 걱정이다……. 정용은 잠깐, 자신이 요즘 왜 이렇게 진만에게 까칠한가, 되짚어보았다. 스스로 생각하기에도 예전보다 더 날카로워졌고 더 뾰족해졌다. 한때는 그래도 같이 있으면 즐겁고 우울하지 않아서 좋았는데……. 어쨌든 그건 다 지난 일이었다. 또 한편 그게 꼭 자신의 문제라기보단 진만이 자초한 일이라는 생각도 들었다. 내가 무슨 성 아우구스티누스도 아니고, 언제까지 놀고먹는 백수를 바라보며 묵상만 한단 말인가. 정용은 자신의 문제는 별로 크지 않다고 생각했다.

아마도 그래서…….

기어이 정용의 입에서 그 말이 튀어나온 것인지 모른다. 허기가 져 컵라면이라도 하나 먹으려고 찬장을 열었는데, 거기엔 아무것도 남아 있지 않았다. 어제 분명 2+1으로 신라면 블랙 컵라면을 사놓았는데…… 출근 전까지만 해도 두 개가 있었는데…….

"이거 네가 다 먹었어?"

정용이 등을 돌리지 않은 채 물었다.

"어, 미안…… 내가 내일 다시 사놓으려고 했는데…….'

그 순간 정용의 입에서 툭, 그 말이 새어나오고 말았다.

"에이, 씨발 진짜…… 무슨 거지새끼도 아니고…….'

정용은 자신의 입에서 그 말이 실제로 흘러나올지 몰랐다. 그래서 조금 당황했다. 어쩐지 조금 무안해져 진만 쪽을 쳐다보지도 않고 말없이 욕실로 들어가버렸다. 그냥 농담 같은 욕이니까, 옛날엔 서로 더 심한 욕들도 주고받으면서 웃었으니까. 정용은 양치를 하면서 그렇게 생각해버렸다.

하지만 욕실에서 나온 정용 앞에 진만은 배낭과 쇼핑백 두 개를 든 채 서 있었다.

"언제까지 거지새끼처럼 계속 이러고 있는 것도 그렇고…… 나머지 짐은 내가 알아서 찾으러 올게."

진만은 그 말만 하고 원룸 밖으로 나가버렸다. 정용은 당황했지만, 그러나 진만을 말리진 않았다. 누굴 향하는 것인지 알 수 없는 화만 더 났을 뿐이다.

정용은 쉽게 잠들지 못하고 계속 뒤척였다. 잘된 일이라고, 언젠가 따로 살 날이 올지 알았다고 생각하다가도, 그래도 내일이나 모레쯤 다시 아무 일 없다는 듯 돌아오겠지, 짐작하기도 했다. 그러다가 퍼뜩, 정용은 어떤 생각이 들어 침대에서 일어나 앉았는데, 아아, 그랬구나, 그래서 그랬구나, 어두운 벽을 바라보며 중얼거렸다. 보증금 때문이구나, 이 원룸 보증금을 내가 다 냈다고…… 그래서 그 말이 더 상처였겠구나……. 정말 거지가 된 기분이었겠구나…….

정용은 그제야 어두운 밤길을 걸어가고 있을 진만의 뒷모습을, 그 마음을 짐작해볼 수 있었다.

빈자리

일주일 전, 정용은 편의점에 출근하기 바로 직전 누군가 원룸 문을 두드리는 소리를 들었다. 나가 보니 초등학교 5학년쯤 되어 보이는 남자아이가 서 있었다. 양손엔 콜팝을 하나씩 들고 책가방을 메고 있었다.

"저기 사콘지 아저씨 안 계세요?"

"누, 누구? 사, 사이코?"

"아니요. 사콘지 아저씨요. 왜 맨날 추리닝 입고 돌아다니는."

정용은 그제야 아이가 진만을 찾는다는 것을 알아챘다. 진만은 보름 전 짐을 싸서 원룸을 떠났다. 하지만 정용은 아이에게 지금 없는데, 라고만 얼버무렸다.

"이상하네. 그럴 리가 없는데……."

아이는 진만과 함께 만화 카페에 같이 가기로 약속이 되어 있다고 했다. 자기가 콜팝을 사면 나머지는 아저씨가 내기로 했다는 것.

"근데 왜 그 아저씨가 사콘지 아저씨야?"

정용이 묻자 아이는 귀찮은 표정을 지으며 말했다.

"사콘지 스승님 몰라요? 『귀멸의 칼날』에 나오는…… 아저씨는 사콘지, 저는 탄지로."

자세히 보니 아이가 메고 있는 책가방 안에 장난감 칼이 한 자루 꽂혀 있었다. 얘야, 스승을 고르려면 신중해야 한단다, 그 어떤 스승도 제자한테 콜팝 쏘라고 말하진 않는단다……. 정용은 힘없이 돌아서 가는 아이를 보며 속으로 그렇게 중얼거렸다.

사흘 전 오전엔 웬 중년 여성의 방문을 받았다.

"전진만 성도님 계신가요?"

아침 8시에 잠이 들었던 정용은 잔뜩 찡그린 얼굴로 손님을 맞았다. 잠은 덜 깼지만 그 와중에도 정용은 진만이 이곳을 완전히 떠났다고 말하지 않았다. 며칠 자리를 비울 거라고만 말했다.

"이상하네요, 전화도 안 받고…… 같이 연습하기로 했거든요."

"연습이요?"

"네. 지난달부터 저희 성가대에 들어오셨거든요."

그, 그러면 안 되지 않나요……? 정용은 대뜸 그렇게 묻고 싶었다. 그 친구 노래하는 걸 혹시 들어보셨나요? 그러면 정말 안 될 텐데…… 하나님한테도 그래선 안 되는데……. 개척교회인가? 신도가 얼마 없나?

"진만이가 교회도 다녔어요?"

"그럼요. 얼마나 신실하신데요."

말이 길어질 것 같아 정용은 들어오면 찾아오셨다고 전해드릴게요, 서둘러 말하고 문을 닫았다. 문밖에서 중년 여성이 "형제님, 형제님 같이 나오세요!"라고 말하는 소리가 들렸다.

저는 주일엔 말뚝 근무예요. 정용은 그 말은 입 밖으로 꺼내지 않았다. 그나저나 얘는 도대체 뭘 하고 돌아다닌 거야. 정용은 침대에 누운 채 잠시 그 생각을 했다.

그리고 바로 어제. 정용은 진만 앞으로 배달된 한 통의 편지를 받았다. 카드회사에서 보낸 것인데, 겉면엔 일부러 그런 것처럼 큼지막하게 '독촉 고지서'라고 적혀 있었다. 정용은 그 고지서를 방바닥에 내려놓은 채 한참을 망설였다. 그러곤 무언가 결심한 사람처럼 봉투를 열었다. 미납 금액은 총 17만 4천 원이었다. 카드 이용 내역은 주로 편의점과 김밥천국, 피시방이었고, 약국도 한 곳 있었다. 카페는 한 곳도 없었다. 1만 2천 원, 4500원, 7200원, 그 금액들이 모여 17만 4천 원이 된 것이었다. 그것이 정용이 알고 있던 진만의 모습이었다. 정용은 그 숫자들을 오랫동안 노려보다가 오랜만에 진만에게 전화를 걸었다. 진만이 원룸을 떠난 후 처음으로 거는 전화였다. 하지만 진만은 전화를 받지 않았다. 정용은 바로 진만에게 문자를 보냈다.

'얼른 들어와. 카드회사에서 고지서 나왔어. 이거 빨리 해결해야 할 거 아니야.'

정용은 여러 번 단어를 고쳐 적은 후 겨우 문자를 보낼 수 있었다. 기분이 나빠졌다기보단 어쩐지 조금 슬퍼졌다. 원인을 명확히 알 수 없는 것은 기분, 원인이 명확한 것은 감정. 그러니 그에겐 그것이 기분인 것이 맞았다. 그는 까닭 없이 조금 서글퍼졌기 때문이다. 정용은 늦은 밤까지 진만의 문자를 기다렸지만 다음 날까지 그 어떤 답신도 오지 않았다.

진만이 실종된 것은 그즈음의 일이었다.

누가 공평을 말하는가

　진만은 오랜만에 졸업한 대학교 앞을 찾았다. 화요일 오후 3시 무렵이었다. 광역시에서 버스를 타고 40분쯤 걸리는 면 소재지에 위치한 진만의 모교는 얼마 전 뉴스에 나오기도 했다. 신입생을 다 채우지 못한 지방 사립대학교, 벚꽃 피는 순으로 문을 닫을 거라는 기사였다.

　하긴, 우리 대학교에 벚꽃나무가 많긴 많았지.

　진만은 학교 정문 옆에 세워진 거대한 지구 모형의 탑을 올려다보았다. 밤에 저 앞 잔디밭에 앉아 막걸리도 많이 마셨는데, 지구에 토도 많이 했는데……. 지금은 띄엄띄엄 지나다니는 차만 몇 대 보일 뿐, 학생들은 보이지 않았다. 진만은 천천히 그 옆길을 따라 학교 안으로 걸어 들어갔다.

내가 왜 여기 왔을까?

진만은 걸으면서 생각했다. 그즈음 진만은 광역시 변두리에 위치한 고시원에서 살고 있었다. 통장에 남아 있던 돈을 탈탈 터니 간신히 한 달 치 고시원비가 나왔다. 고시원에 들어가고 난 후 진만은 외출을 거의 하지 않았다. 그저 하루의 대부분을 낡고 좁은 침대에 누워 지냈다. 멀뚱멀뚱 먹방 유튜브를 보거나 잘하지도 못하는 카트라이더 게임을 눈이 아플 때까지 하기도 했다. 그러다가 자정 무렵 편의점에 나가 컵라면을 사 와 끼니를 때웠다. 아르바이트 자리를 구해야 하는데, 곧 카드도 정지될 텐데, 걱정하면서도 정작 침대에서 일어나지 못했다. 어쩐지 버려지고 구겨지고 내팽개쳐졌다는 마음에서 쉬이 벗어나질 못했다. 그래도 씻고 나가서 일자리를 구해봐야지. 각오도 다시 다지고 실제로 욕실 안까지 들어갔다고 생각했는데, 눈을 떠보면 여전히 침대일 때가 많았다.

그러니까 그날은 진만이 오전부터 나가야지, 나가야지, 일단 밖으로 나가봐야지 결심하다가 오후 1시 무렵 겨우 간신히 외출에 성공한 날이기도 했다. 그리고 내친김에 올라탄 버스가 마침 모교로 향했던 것이다.

진만은 자연스럽게 기숙사와 학생회관 건물 쪽으로 방향을 잡았다. 교내 곳곳엔 이런저런 플래카드들이 많이 붙어 있었다. 대부분 공무원 시험에 합격한 것을 축하한다는 내용이었다. 진만은 대학을 다닐 때 동기들과 이런 대화를 한 적이 있었다. 왜 우리 과는 대부분 국가장학금을 받는 것이냐? 그거 다 소득분위가 낮아서 그런 거 아닌가? 그러니까 너도 빨리 공무원 시험 준비나 해. 그게 소득분위 높이는 유일한 길이야. 그래서 너도나도 공무원 대비반에 들어가기도 했다. 거기 들어가면 무료로 온라인강의를 들을 수 있었으니까. 진만은 공무원 대비반에도 들어가지 못했다. 학점이 모자랐기 때문이다.

진만은 괜스레 학생회관 이곳저곳을 둘러보다가 지하에

있는 학생 식당 쪽으로 내려갔다. 생각해보니 그때까지 한 끼도 먹지 못한 처지였다. 밥이나 먹고 가야지. 그래도 여기가 밥값은 싸니까. 진만은 예전에 없던 키오스크 앞에서 한동안 망설이다가 4500원짜리 백반을 주문했다. 식판을 들고 유리 칸막이가 부착된 테이블에 앉으려던 순간, 누군가 진만을 알은체했다.

"어, 선배님 아니세요?"

진만은 한눈에 그를 알아봤다. 진만이 4학년 때 신입생으로 들어온 남자 후배. 부모님이 아로니아 농사를 짓는다고 주말마다 집에 내려갔다가 검게 탄 얼굴로 기숙사로 돌아오던 후배였다.

"어, 어, 너구나……."

진만은 어정쩡한 자세로 인사했다. 후배도 혼자였는지 주위엔 아무도 없었다. 둘은 자연스럽게 합석했다.

"어쩐 일로 학교에 오신 거예요?"

"으응, 근처에 볼일이 있어서……."

둘은 그렇게 말한 후 대화가 끊겼다. 묵묵히 밥만 먹는 후배를 보다가 진만이 말을 건넸다.

"너 졸업할 때 지나지 않았니?"

"1년씩 1년씩 두 번 휴학했어요. 그래도 학교에 있어야지 시험 준비할 수 있어서."

후배는 지금 학교 공무원 대비반에서 공부한다고 했다. 후배는 정말 빠른 속도로 밥을 먹었다. 진만은 채 반도 먹지 못했는데 숟가락을 놓고 진만을 기다렸다.

"먼저 가. 난 만날 사람이 있어서……."

진만이 말하자 후배가 기다렸다는 듯 자리에서 일어났다. 그래, 공부도 열심히 하고. 시험도 꼭 붙고. 진만은 후배에게 악수를 청했다. 국가장학금도 받고, 학교에서 무료로 온라인 강의도 듣게 해주고, 그만하면 공평한 거니까. 주말마다 부모님 농사도 도와주고, 시험에 떨어지면 미안해하고, 왜 우리 학교 나온 애들은 다 이렇게 비슷한 거니? 진만은 후배에게 그 말도 해주고 싶었으나 차마 그러진 못했다. 후배는 문제집을 옆구리에 낀 채 빠른 걸음으로 학생 식당을 빠져나갔다.

이제 그 시간에 그곳에 남은 사람은 진만 한 명뿐이었다.

실종 신고

맞다.

분명 진만의 흔적이었다. 불과 한 달 전까지만 해도 같은 방에서 입고 돌아다녔던 감청색 반바지와 회색 반팔 티셔츠가 의자 등받이에 마치 개수대 위 고무장갑처럼 맥없이 걸쳐 있었다. 배낭은 침대 바로 옆에 모로 누워 있었고, 양말과 속옷이 함께 들어 있는 쇼핑백은 간이 옷장 손잡이에 걸려 있었다. 그 외에 짐은 거의 없었다. 책상 위에 놓인 칫솔과 치약이 전부였다. 환기가 잘 안 되는지 방에선 계속 락스 냄새가 났다.

정용의 휴대폰에 낯선 전화번호가 뜬 것은 어제 오후의 일이었다. 평상시 같았으면 스팸이나 대출 안내 전화라고 지레짐작 무시했겠지만, 어쩐지 예감이 좋지 않았다. 살고 있는 광역시 지역번호가 앞에 붙은 것도 어쩐지 찜찜했다. 그리고…… 그 예상은 틀리지 않았다.

전화를 건 사람은 오십대쯤 되어 보이는 여자였다. 한빛고시원, 이라고 했다. 정용이 살고 있는 원룸에서 버스로 30분 정도 떨어진 곳에 위치한 고시원.

"아니, 우리도 답답한 게요, 보름 넘게 들어오지 않고 있거든요. 전화도 안 되고 짐도 그대로 있고……. 이렇다 저렇다 말이 있어야 새 입주자도 들이고 하지요."

여자는 보증인 연락처에 적힌 번호를 보고 연락했다고 했다. 정용에게 그 말은 처음엔 조금 우쭐하게 다가왔으나 이후 계속 마음 아픈 음성으로 남게 되었다. 진만에게 보증인이 될 수 있는 단 한 사람. 그렇게 믿었던 단 한 사람. 그게 바로 자기 자신이었다.

정용은 일단 고시원에 남아 있던 진만의 짐을 모두 원룸으로 옮겨왔다. 하지만 그게 전부였다. 달리 할 수 있는 일이 없었다. 진만의 휴대폰은 계속 꺼진 상태였고, 메시지를 보내도 답이 없었다. 정용은 진만의 가족 그 누구의 연락처도 알지 못하는 상태였다. 안양에 아버지와 할아버지가 같이 살고 있다는 것, 어머니는 이혼한 뒤 따로 살고 있다는 것, 그게 진만에 대해 알고 있는 전부였다.

아무렇지도 않게 고시원에 짐 찾으러 들렀다가 다시 원룸으로 찾아올 거야. 또 무슨 이상한 회사 영업사원으로 들어간 거 아닌가? 어디 가서 사기나 당하지 말지.

정용은 일부러 다른 걱정을 하려고 노력했다.

하지만 정용은 다음 날 오후 아르바이트를 나가다가 말고 가장 먼저 눈에 들어오는 경찰 지구대로 들어갔다. 계속 안 좋은 생각이 머릿속을 떠나지 않았기 때문이다.

"저기…… 실종 신고를 좀 하려고 하는데요……."

지구대엔 모두 세 명의 경찰이 있었다. 데스크에 두 명이 있었고, 그 뒤에 조금 작고 늙수그레한 경찰이 앉아 있었다.

"실종 신고요? 누굽니까? 애예요? 몇 학년인데요?"

뒤에 앉아 있던 경찰이 앞쪽으로 나오면서 연달아 물었다.

"아니, 그게 아니고…… 저랑 같이 살던 친구인데요……."

"같이 살던 친구인데? 때렸어요? 여성분을?"

경찰은 말이 앞섰다. 그는 벌써 한 손에 볼펜을 쥐고 있었다.

"아니요. 남자인데요."

정용이 그렇게 말하자, 경찰은 볼펜을 내려놓고 팔짱을 꼈다.

"근데 왜요? 다 큰 남자를 왜 찾아요?"

경찰 말에 따르면 다 큰 남자는 엄밀히 말해 실종 신고 자체가 성립되지 않는다고 했다. 가출인, 이라면 모를까. 장애가 있는 것도 아니고, 노인도 아니고, 아이도 아니면 가출이 맞다고 했다.

"그래도 벌써 열흘 넘게 전화도 안 되고 있거든요……. 위치 추적 같은 거라도 어떻게……?"

정용은 그러면서 속으로 더 많은 말을 했다. 돈도 없는 애고요, 기술도 없는 애예요. 남들한테 잘 속고요, 남들 위한다고 한 일들이 대부분 남들을 불편하게 만들기도 해요. 혼자 있는 걸 잘 못 참는, 어린애 같은 애예요…….

"가족도 아니라면서요? 이게 가족이라고 해도 성인은 본인이 원치 않으면 찾아도 위치 같은 거 못 알려줘요."

정용은 말없이 고개만 끄덕거렸다.

"혹시 돈 같은 거 빌려줬어요? 그러면 그냥 고소를 하는 게 빠를 수도 있는데."

데스크에 앉아 있던 젊은 경찰이 말을 보탰다. 정용은 잠깐 생각하다가 지구대 밖으로 나왔다. 날은 더웠고, 사람들은 마스크를 쓴 채 어디론가 바삐 걸어가고 있었다. 별일 없을 거다, 별일 없을 거다. 정용은 휴대폰을 꺼내 보며 그렇게 중얼거리기만 했다.

경찰에게서 먼저 연락이 온 것은 그로부터 보름 뒤의 일이었다.

그의 행적

아마도 진만은 딱 한 달을 예상했는지 모른다. 더도 말고 한 달만. 눈 딱 감고 한 달만 고생해보자. 그러면 모든 것이 다 좋아질 거야.

후에 진만의 행적을 쫓아 면 소재지에 위치한 모교까지 내려간 정용은 계속 진만의 마음을 짐작하려고 애썼다. 경찰이 알려준 진만의 후불 교통카드가 찍힌 마지막 행선지가 그들이 함께 졸업한 D대학교였다. 거기 학생 식당에서 4500원짜리 백반 정식을 먹은 것도 기록에 남아 있었다. 기록은 거기에서 끝나 있었다. 이후에는 다른 사람의 증언에 의지할 수밖에 없었다.

"한 한 달 전쯤이었을까? 저녁 장사 준비하고 있는데 불쑥 들어오더라고요. 전단지 붙여놓은 거 보고 왔다고……."

진만이 일했던 프랜차이즈 치킨집 주방 이모는 출근길에 만난 정용에게 조심스럽게 말했다. 그녀는 말을 하는 동안에도 계속 눈치를 봤다. 치킨집 사장은 아직 출근 전이었다. 진만이 본 전단엔 '홀 서빙 알바 구함'이라는 내용이 적혀 있었다.

'숙식 제공 가능, 성실하게 오래 일할 사람 환영'.

"여기가 저쪽에 혁신도시가 들어서고 나서 장사가 잘됐거든요. 홀에도 맥주 손님들이 꽤 있고 배달도 많고……."

진만은 그곳에서 오후 4시부터 새벽 1시까지 하루 아홉 시간 일했다고 한다. 2주에 한 번 정기 휴무가 있었고, 식사는 오후 5시와 자정, 두 번 제공되었다고 한다. 월급제였는데, 숙식 비용은 따로 제했다고 한다.

"나도 그냥 슬쩍 들은 말인데, 일한 지 일주일쯤 지난 뒤에 가불을 했다고 그러더라고. 다 한 건 아니고 월급의 반만……."

정용은 진만이 머문 방도 둘러보았다. 그곳은 방이라기보
단 흡사 창고와도 같았다. 라꾸라꾸 침대가 하나 있고, 업소
용 케첩 박스와 냅킨 박스가 한쪽에 위태롭게 쌓여 있는 방.
바닥엔 삼선 슬리퍼 한 짝과 낡고 오래된 TV 한 대가 놓여 있
었다. 씻는 것은 홀에 붙어 있는 화장실을 이용했다고 한다.

"혹시 걔가 휴대폰 쓰는 거 못 보셨어요? 휴대폰도 아예 안
돼서……."

"몰라요……. 우리가 바빠서 서로 신경 쓸 틈이 있나……."

그녀는 주방에 들어가 앞치마를 둘렀다. 정용은 그녀의 옆
얼굴을 바라보면서 계속 자리를 뜨지 않았다. 그는 아직 묻고
싶은 것이 많았다.

"한데, 왜 얘가 배달을 했죠? 홀 서빙 알바인데……."

"바쁘니까 그랬겠죠. 내 일 네 일 따질 일이 있나."

"얘는 오토바이 면허증도 없는데요……."

정용이 거기까지 말했을 때 그녀가 잠시 그를 노려보았다.
그 눈에서 정용은 불안과 초조를 함께 보았다. 또 무언가 더

하고 싶은 말이 남아 있다는 것도 느낄 수 있었다.

"나한테 자꾸 그런 거 묻지 마요. 가뜩이나 나도 심란해 죽겠는데."

그녀는 다시 개수대 쪽으로 얼굴을 돌리고 설거지를 하기 시작했다. 그녀의 턱 근육이 빗금처럼 나타났다 사라지길 반복했다.

진만은 그곳에서 오토바이 사고를 당했다. 닷새 전에 있었던 일이다. 밤 11시 21분, 혁신도시에 위치한 한 아파트로 배달을 나가다가 생긴 일이었다. 야산을 우회하는 국도 코너 길, 그곳이 진만이 오토바이와 함께 넘어진 장소였다.

정용은 치킨집에서 나와 사고 장소까지 직접 걸어가볼 작정이었다. 몇 걸음 떼지 않았을 때, 치킨집에서 주방 이모가 뒤따라 나왔다.

"저기 잠깐만……."

그녀는 주위를 한 번 둘러본 뒤 정용에게 치킨집 홍보용 명함 한 장을 건넸다. 명함 뒷면에 빠르게 흘려 쓴 전화번호가 하나 적혀 있었다.

"종민이라고…… 같이 배달하던 애예요. 그래도 애하고 말도 자주 하고 밥도 같이 먹고 했으니까……."

주방 이모는 그 말을 하곤 다시 서둘러 치킨집 안으로 들어갔다. 내가 알려줬다는 말은 하지 말고. 그녀는 그 말도 잊지 않았다.

진만이 죽었다. 늦은 밤, 진만이 몰던 오토바이는 국도를 달리다가 중심을 잃고 넘어지면서 중앙선을 침범했다. 그리고 때마침 반대 차선에서 달려오던 1톤 트럭에 2차 사고를 당했다. 정용은 그 말을 경찰에게서 전해 들었다. 하지만 아직도 믿어지지 않았다.

정용은 주방 이모가 전해준 명함에 적힌 연락처로 바로 전화를 걸었다. 최종민. 그것이 그의 이름이었다. 전화는 쉽게 연결되지 않았다.

작고 여린

정용은 어느 밤 이런 꿈을 꾸었다.

밤안개 자욱한 국도를 걷고 있을 때였다. 버드나무가 띄엄 띄엄 마치 커다란 물음표처럼 늘어서 있는 국도였다. 저녁 내 내 비가 왔는지 아스팔트는 검게 젖어 있었고, 차는 한 대도 지나다니지 않았다. 그래서인지 노란색 중앙선은 더 단호하 고 날카롭게 보였다. 한참을 걷다 보니, 저 앞에 감청색 후드 티를 입은 남자 한 명이 천천히 걸어가고 있는 모습이 눈에 들어왔다. 어깨를 잔뜩 구부린 채 바지 주머니에 두 손을 찔 러 넣은 모습. 정용은 뒷모습만으로도 그것이 진만이라는 것을 알아챘다.

저러니, 내가 잔소리를 안 할 수 있나.

정용은 잰걸음으로 진만을 따라잡았다. 숨은 하나도 차지 않았다. 어깨로 툭, 진만의 상체를 쳤다. 뭐야? 또 알바 잘린 거야? 정용이 물었지만 진만은 말없이 씨익 웃기만 했다. 며칠 면도를 하지 않은 듯 턱엔 거무튀튀한 수염이 나 있었지만, 이마와 뺨은 잡티 하나 없이 말끔했다.

둘은 함께 국도를 걸었다. 버스 정류장이나 전봇대의 모습은 나오지 않았다. 좌측으로 야산을 낀 완만한 곡선 도로를 걸을 때였다. 저길 좀 봐. 진만이 턱으로 반대 차선 가장자리를 가리켰다. 거기에는 작은 새끼 고라니 한 마리가 모로 누운 채 고개만 들어 이쪽을 살피고 있었다. 고라니는 그 자리에서 일어나려 했지만 뒷다리가 말을 듣지 않는 눈치였다. 차에 치인 듯 비에 젖은 국도에 검은 얼룩이 선명히 보였다.

어쩌지?

정용이 혼잣말처럼 중얼거렸다. 진만은 가만히 고라니를 노려보았다. 겁에 질린 눈빛이었다.

어쩌긴, 뭘. 우리가 할 수 있는 게 있나.

진만은 그렇게 말한 후 다시 걷기 시작했다. 정용은 그런 진만과 고라니를 번갈아 바라보다가 터벅터벅 다시 국도를 걸었다. 한참을 그렇게 걷고 있을 때 진만이 정용을 뒤돌아보며 짧게 말했다.

우리는 다 거지새끼들이야.

꿈은 거기에서 끝났다.

또 다른 밤엔 이런 꿈도 꾸었다.

이번엔 환한 대낮이었다. 낯선 공장이었는데, 진만과 정용은 하얀 와이셔츠에 조끼까지 입고 있었다. 상황을 파악해보니 출장 뷔페 아르바이트 중이었다. 공장 사람들은 작업복을 입은 채 둘씩 셋씩 모여 음식을 먹고 있었다. 진만과 정용은 낑낑거리며 죽이 담긴 들통을 나르기도 했고, 초밥이 가득 담긴 접시를 옮기기도 했다. 한참을 그러고 있을 때 누군가 앞에서 큰 소리로 외치는 소리가 들렸다.

우리 같이 먹읍시다!

그 말이 떨어지자마자 공장 사람들이 진만과 정용의 손을 잡고 음식 앞으로 이끌었다. 정용은 주춤했지만, 진만은 이내 사람들과 어울려 음식을 먹기 시작했다. 무슨 말을 할 때마다 진만은 웃었고, 사람들도 함께 웃었다. 정용도 그 웃음을 바라보다가 천천히 음식을 먹기 시작했다. 어느새 공장의 천장도 사라지고 파란 하늘이 보였다. 딱딱한 시멘트 바닥도 온 데 간 데 보이지 않고 대신 잔디가 깔렸다. 그 안에서 진만은 누구보다 행복해 보였다. 누구보다 크게 웃었다. 한참 동안 그 모습을 보던 정용도 소리 내지 않고 따라 웃었다. 꿈은 거기에서 끝났다.

그 꿈에서 깨자마자 정용은 한동안 침대에 엎드려 울었다. 진만의 장례식 사흘 뒤의 일이었다. 어찌 보면 그건 장례식이라고 하기도 어려웠다. 찾아오는 사람도 없었고, 그 흔한 근조 화환 하나 없었다. 일정도 뒤죽박죽이어서 염을 하자마자 바로 화장장으로 이동했다. 정용은 그 기간 내내 진만의 곁을 지켰다. 진만이 죽었다는 것, 치킨집 아르바이트를 하다가 국도에서 교통사고를 당했다는 것, 차가운 길에 오랫동안 홀로 누워 있었다는 것. 그 모든 것이 도무지 실감 나지 않았다. 그래서인지 장례식 내내 정용은 눈물을 흘리지 않았다. 진만의 아버지와 어머니의 얼굴을 처음 봤는데, 정용은 제대로 인사도 하지 않았다. 까닭 모를 적의만 입 근처에서 맴돌았을 뿐이었다. 그렇게 사라졌다고 믿었던 눈물이 기껏 꿈 하나에 터져 나온 것이었다. 정용은 출근도 하지 않은 채 베개에 얼굴을 묻은 채 오랫동안 엎드려만 있었다. 그리고 그때 휴대폰이 울렸다. 최종민. 진만과 함께 치킨집에서 일했던 아르바이트생. 정용이 계속 전화와 문자를 했지만 아무런 응답도 하지 않았던 남자. 그가 처음 전화를 걸어온 것이었다. 정용은 두 손으로 얼굴을 몇 번 쓸어내린 후, 통화 버튼을 눌렀다.

여보세요.

작고 여린, 고등학생쯤 되어 보이는 목소리가 저편에서 들려왔다.

스무 살 지방러

최종민은 2002년생으로 올해 2월 고등학교를 졸업했다.

태어난 곳은 광역시이지만 다섯 살 이후부턴 쭉 현재 살고 있는 군 소재지에서만 자랐다. 그의 아버지는 8년 전 다니던 재활용 공장에서 폐지 더미에 깔리는 사고를 당했다. 그 바람에 허리를 다쳤고 이후 줄곧 자리보전한 채 방 안에서만 누워 지냈다. 최종민의 아버지는 4년 전 당뇨합병증으로 세상을 떴다. 그의 어머니는 식당 설거지와 공공근로를 병행하다가 2년 전부터는 요양병원 식당에서 일하고 있다. 새벽 5시에 출근했다가 오후 7시쯤 퇴근했는데, 그 일을 얻은 것을 아주 다행으로 여겼다.

최종민이 나온 고등학교는 전체 학생 수가 마흔일곱 명이었고, 그중 고3이 열아홉 명이었다. 그 열아홉 명 중 수도권 소재 대학으로 진학한 학생은 두 명. 한 명은 아버지가 군청에 다녔고, 다른 한 명은 읍내 대성한의원 집 둘째 딸이었다. 나머지 열일곱 명 중 여덟 명은 인근 광역시에 위치한 국립대와 사립대에 진학했고, 다섯 명은 같은 군 소재지에 주소를 두고 있는 전문대에 진학했다. 나머지 네 명은 학기 초부터 거의 학교를 나오지 않은 친구들이었다. 최종민은 전문대 응급구조학과에 진학했다. 담임교사의 권유로 원서를 썼는데, 입학한 이후 세 번 정도 학교에 간 것이 전부였다. 그래도 1학기 성적우수장학금을 받아 당황하기도 했다.

"그 치킨집에서 알바 시작한 건 지난 6월부터였어요. 원래 제 고등학교 선배가 하던 일인데, 그 형이 군대 가는 바람에 제가 들어갈 수 있었던 거죠. 그전에는 친구들하고 광역시에 나가서 이삿짐센터나 물류 창고 알바도 몇 번 했고요. 출퇴근 하는 게 어려워서 다 그만뒀지만……."

"여긴 피시방도 편의점도 알바 잡기가 어렵거든요. 그냥 다 가족이 돌아가면서 일해요. 그러니까 저 같은 친구들은 할 일이 없죠. 그렇다고 우리가 돈이 필요 없는 건 아니잖아요? 지방에 살아도 매달 내는 휴대폰 요금은 똑같잖아요? 진로니 꿈이니 그런 것도 다 돈 걱정이 없어야 생각할 수 있죠……. 그냥 매일 친구들하고 만나요. 우리 동네도 빈집이 많거든요. 제 친구 할머니가 혼자 살다가 돌아가셔서 비어 있는 집이 있는데, 매일 거기에서 만나요. 뭐 라면도 끓여 먹고 막걸리도 마시고 배그도 했다가 유튜브도 봤다가 그러다가 그냥 거기에서 잘 때가 많아요. 시골이어서 다 아는 얼굴이고 하니까 밖에 돌아다니기도 그렇고……."

"에이, 다 쓸데없는 말만 하죠. 가상화폐가 어떻다, 서울에 지금 올라가면 굶어 죽는다, 자영업자 다 망해서 우리같이 지방에서 올라간 사람들은 월세만 빚지고 내려온다더라, 뭐 그런 얘기나 하고 있는 거죠. 맨날 똑같은 얘기."

"진만이 형은…… 그러니까 저보다 더 안쓰럽더라고요. 형이 받는 월급은…… 그러니까 그게 시급으로 치면 정말 형편없거든요. 제 친구들도 아무리 돈이 궁해도 그렇겐 일 안 하는데 형이 그냥 덥석 잡은 거죠. 거기에다가 오갈 곳도 없어 보였고…… 그런데 이 형이 성격이 좋더라고요. 웃긴 말도 자주 하고, 꼰대 같지도 않고…… 그래서 금세 친해졌어요. 일 끝나고 형이랑 저쪽 뚝방에 가서 소주도 두 번 마시고, 제가 오토바이 뒤에 형을 태우고 혁신도시로 드라이브도 나갔고……."

"없다는 건 알고 있었죠……. 형이 먼저 말했거든요. 면허도 없고, 오토바이도 몰아본 적 없다고요. 여기 치킨집 오토바이들이 다 50cc 스쿠터거든요. 초보자도 몰기는 쉬운데, 그래도 면허는 있어야 해요. 그래서 저도 일부러 3만 원 주고 원동기 면허를 딴 건데……. 네…… 사장님도 알고 있었죠. 형이 면허 없다는 거……."

"모르겠어요……. 사장님은 형이 스스로 배달을 나간 거라고 하는데…… 그날 하필 배달이 밀려서 저도 매장에 없을 때 일어난 일인데…… 그건 제가 쉽게 말할 수 없는 문제인 거 같아요…… 사실 사장님이 제 친구 삼촌이거든요……."

"저도 그 일 있고 나서 바로 그만뒀어요. 엄마도 걱정하고…… 또 저도 그냥 하기 싫어지더라고요. 치킨집 나가면 자꾸 진만이 형 얼굴 떠오르고…… 저도 그냥 조만간 경기도로 올라가려고요. 서울은 어려워도 경기도엔 물류 창고 같은 곳에 일자리가 꽤 있다고 하더라고요. 거기가 월세도 좀 싸고…… 거기엔 최소한 아는 사람들은 없겠죠. 저는 그것만으로도 만족할 거 같아요. 여긴 좀 지겨워요. 모두 다."

도로교통법 제154조

정용은 치킨 한 마리를 시켰다. 맥주와 음료는 따로 주문하지 않았다.

홀에는 정용 이외에 다른 손님은 없었다. 프랜차이즈 유니폼을 입은 종업원 한 명이 테이블을 닦고 있었고, 커튼으로 반쯤 가려진 주방에선 연신 그릇 닦는 소리와 무언가 튀기는 소리가 새어 나왔다. 환기 시설이 제대로 작동하지 않는지 천장 쪽으로 마치 한지 위에 엎질러진 먹물처럼 계속 연기가 퍼져나가고 있었다.

그리고 거기 사장이 있었다.

사장은 사십대 중반쯤 되어 보이는 남자였는데, 체격이 크고 검은색 야구 모자를 쓰고 있었다. 그는 카운터 뒤에 서서 연신 포스기를 바라보며 전화를 받고 있었다. 오후 4시 30분이 막 지난 시간. 이 한가로운 평일 오후에도 치킨을 배달시키는 사람들은 많았다.

정용은 사장을 만나 이야기를 들어보려고 했다. 그가 사고에 대해서 어떤 생각을 가지고 있는지, 죽은 진만에겐 또 어떤 마음을 품고 있는지 직접 들어볼 작정이었다. 하지만 매장에 들어선 순간, 정용의 마음은 바뀌고 말았다. 매장은……

아무렇지도 않았다.

불과 얼마 전 그곳에서 일하던 아르바이트생이 죽었는데, 면허증도 없이 오토바이 배달을 나갔다가 사고를 당했는데,

매장은 여전히 바빴고, 사람들은 제 할 일을 했고, 닭은 계속 튀겨지고 있었다. 정용은 그 모습이 당황스러웠고, 그래서 마치 우연히 들른 손님처럼 치킨을 주문하고 말았다.

정용은 사장도 당연히 처벌을 받으리라 생각했다. 빤히 무면허인 것을 아는 아르바이트생에게 배달을 시켰으니, 그냥 헬멧만 잘 쓰고 나가라고 재촉했으니, 그러다가 결국 교통사고로 한 사람의 목숨까지 잃게 만들었으니, 큰 벌을 받게 될 것이라고 짐작했다. 하지만 아니었다. 그에겐 벌금 30만 원이 전부였다.

"자자, 이것 보세요. 우리가 그런 게 아니고, 법이 이렇다니까요, 법이."

정용은 사고 담당 경찰이 내민 법 조항을 천천히 읽어보았다.

도로교통법 제154조

다음 각 호의 어느 하나에 해당하는 사람은 30만 원 이하의 벌금이나 구류에 처한다.

원동기장치자전거를 운전할 수 있는 운전면허를 받지 아니한 사람에게 원동기장치자전거를 운전하도록 시킨 고용주 등.

"아니, 그래도…… 사람이 죽었잖아요. 사장이 시킨 일을 하다가……."

정용이 간신히 그렇게 말하자, 경찰은 서류를 치우며 이런 말을 덧붙였다.

"그러게요. 그러니까 그럴 땐 아무리 사장이 시켜도 하지 못한다고 해야 하는데……."

걘, 거기에서 가불도 받은 몸이었어요……. 하지 못한다고 말할 수 없었다고요……. 정용은 그 말은 차마 하지 못했다.

사장이 직접 정용의 테이블에 치킨을 가져다주었다. 그는 힐끔 정용의 얼굴을 바라보다가 뭐 더 필요한 건 없는지 물었다. 배달이 아닌 홀 주문이어서 특별히 구운 감자 서비스를 드렸다는 말도 했다. 그는 웃으면서 그 말을 했다. 정용은 말없이 치킨을 내려다보았다. 김이 모락모락 피어오르는 치킨한 마리, 김이 다 사라지기 전까지 배달을 끝내라고 말했다는 사장의 목소리. 사장은, 진만이 사고 난 날에도 다른 아르바이트생에게 전화를 걸어 '진만이가 오토바이를 훔쳐서 달아난 것 같다'고 말했다고 한다. 다른 것은 궁금해하지 않고 오토바이 걱정을 한 사장.

정용은 포크가 아닌 손으로 치킨을 들고 먹기 시작했다. 치킨은 뜨거웠고, 기름이 많이 배어 나왔다. 맛은 잘 느껴지지 않았다. 정용은 입안 가득 치킨을 쑤셔 넣고 씹기 시작했다. 고개를 푹 숙인 채 아무하고도 눈을 마주치지 않고 계속 입안에 들어온 것들을 삼켜냈다.

"저기요."

정용이 사장을 불렀다. 그는 정용이 앉은 테이블 앞에 섰다.

"치킨 30만 원어치만 해줘요."

정용은 지갑에서 카드를 꺼내 테이블 위에 올려놓았다.

"어디 배달시킬 곳이 있으신가요?"

사장이 조심스럽게 물었다.

"아니요. 여기서 다 먹고 갈 거예요."

정용이 그렇게 말하자 사장이 한동안 침묵을 지켰다. 주방에서도 누군가 나와 정용 쪽을 바라보았다.

"나는 배달시키는 게 싫거든요. 여기서…… 씨발…… 다 먹고 갈게요."

정용은 또 다른 치킨 조각 하나를 입에 쑤셔 넣었다. 그는 또 눈물이 나올 것 같아서 계속 고개를 숙이고만 있었다.

누군가를 떠나보내는 일

늦은 밤, 정용은 자취방을 향해 걷고 있었다.

날은 흐리고 바람은 매서웠다. 도로를 지나다니는 차 소리는 평소보다 더 크게 들렸고, 신호등은 더 붉고 더 파랗게 깜빡거렸다. 오늘 밥은 먹었던가? 정용은 점퍼 주머니에 두 손을 깊숙이 찔러 넣은 채 따져보았다. 기억이 잘 나지 않았다. 라면을 먹은 것도 같은데, 그게 저녁이었는지 점심이었는지, 명확하지 않았다. 허리가 조금 뻐근했고, 종아리는 계속 욱신거렸다. 그런데도 무언가를 먹고 싶은 마음은 들지 않았다. 먹을 때마다 자꾸 다른 사람의 얼굴이 떠올랐기 때문이다.

진만이 사고로 죽은 뒤, 정용은 근 보름 넘게 자취방에만 틀어박혀 있었다. 잠을 자다가 일어나면 오랫동안 가만히 앉아 있었고, 그러다가 다시 잠이 들기를 반복했다. 멍한 상태로 생라면을 우적우적 씹어 삼키기도 했고, 멀거니 스마트폰으로 유튜브를 보기도 했다. 정용은 자신이 지금 무엇을 하고 있는지, 무엇을 보고 있는지, 제대로 알 수 없었다.

"야, 그래도 뭘 좀 먹어야지."

대학 동기인 상구가 족발을 사온 적이 있었다. 정용은 그 족발을 가만히 바라보다가 몇 점 집어먹었다.

"문 앞에 이런 것도 떨어져 있더라."

상구가 주섬주섬 정용 앞에 내민 것은 각종 고지서들이었다. 도시가스 요금, 전기 요금, 휴대폰 요금 등등. 그나마 정용을 다시 자취방 밖으로 나오게 만든 것은 바로 그 고지서들이었다. 거기엔 죽은 진만의 휴대폰 요금 고지서도 포함되어 있었다.

정용은 예전에 일했던 편의점에서 다시 일하게 되었다. 한

창 손님이 몰릴 땐 아무 생각도 나지 않았지만, 퇴근해서 혼자 자취방으로 걸어갈 땐 무서운 마음이 들기도 했다. 뭘 잘 안 먹어서 그런 거야. 정용은 그렇게 원인을 둘러댔지만, 자취방으로 돌아가고 싶지 않은 마음은 쉬이 사라지지 않았다.

고가도로와 이어진 왕복 8차선 도로를 막 건너려던 참이었다. 흰색 구형 아반떼 한 대가 빠른 속도로 횡단보도 쪽으로 다가왔다. 정용은 멈춰 선 채 가만히 그 차를 지켜보았다. 횡단보도엔 이미 보행 신호가 들어와 있었지만, 차는 속도를 줄이지 않았다. 차는 고가도로로 진입하려는가 싶더니 갑자기 방향을 바꿨고, 그 바람에 중앙분리대 가드레일을 들이받고 그대로 멈춰 섰다. 차의 보닛은 마치 땅에 떨어뜨린 케이크처럼 안으로 우그러졌고, 운전석과 조수석에 탄 사람은 정신을 잃은 듯 보였다. 그 모든 것이 순식간에 벌어진 일이었다.

이를 어쩌지?

정용은 그 자리에서 계속 움직이지 못했다. 멈춰 선 차에선 하얀 연기가 피어올랐고, 이내 그쪽에서 불길이 올라오기 시작했다. 저대로 가만둔다면, 누군가 저 사람들을 돕지 않는다면 금세 더 큰 일이 벌어질 것 같았다.

하지만 정용은 쉽게 발이 떨어지지 않았다. 도와야 한다고, 구해야 한다고, 머리는 말하고 있는데 몸이 움직이질 않았다. 진만은 차가운 도로에서 죽었다. 아무도 그를 돕지 못해서 죽었다. 정용의 귀엔 반복해서 그 목소리만 들렸다.

"저기요! 여기 좀 도와주세요!"

사고 차량 앞에 택시 한 대가 멈춰 서더니, 운전석에서 늙수그레한 기사 한 명이 뛰어나왔다. 그가 정용을 향해 빠르게 손짓을 했다. 정용은 그제야 마치 잠에서 퍼뜩 깬 사람처럼 그쪽으로 달려갈 수 있었다.

택시 기사는 자신의 차 트렁크에서 소화기를 꺼내 들었다. 정용에겐 작은 손 망치를 건네주었다. 정용은 그 손 망치로 뒷좌석 유리창을 깨기 시작했다. 사고 차량 운전석에는 젊은 남자가, 조수석엔 중년 여성이 정신을 잃은 채 앉아 있었다.

정용의 힘이 부족해서인지, 손 망치가 너무 작아서인지, 유리창은 잘 깨지지 않았다. 유리창을 깨야 차 문을 열고 사람들을 구할 수 있을 텐데……. 정용은 이를 꽉 깨물었다.

얼마나 그러고 있었을까?

또 다른 사람들이 사고 차량으로 달려왔다. 지나가던 차들이 멈춰 섰고, 한 번도 본 적 없는 사람들이 누군가를 구하기 위해서, 너나없이 움직인 것이다. 그 사람들이 정용과 함께 유리창을 두들겼다. 정용은 계속 손 망치를 휘두르면서 어느 순간 자신이 누군가를 소리쳐 부르고 있다는 것을, 진만이 아닌 다른 사람을 부르고 있다는 것을, 그것을 깨달았다.

그 목소리가 어두운 밤하늘 속으로 멀리 퍼져나갔다.

말할 사람

이민재, 라고 했다.

1996년생이고, 정용과 진만이 나온 대학교의 사이버보안 학과를 나왔다고 했다.

"아, 아직 졸업은 아니고요, 내년 2월에 졸업 예정이에요."

이민재는 들고 온 캐리어에서 추리닝을 꺼내며 그렇게 말했다. 제대하고 복학할 무렵에 코로나19 터져가지고 학교도 한번 못 갔는걸요, 뭘. 졸업이라고 해서 별다를 것도 없고요.

대학 동기 상구의 부탁으로 정용이 이민재를 처음 만난 것은 12월 둘째 주의 일이었다.

"사실 걔가 내 여자 친구 남동생이야. 굳이 이쪽 광역시로 나와서 살겠다고 하는데 당장 보증금 마련도 어렵고……."

상구는 정용에게 딱 한 달만 신세를 질 수 없겠냐고 물었다. 그 뒤엔 고시원이든 친구 방이든 구해서 나가겠다고 했다. 안 그러면 자기 여자 친구 방으로 들어온다고 하는데, 다 큰 남매가 한 방에서 지내는 것도 그렇잖아? 정용은 상구의 말을 묵묵히 듣기만 했다. 여자 친구 방에서 거의 살다시피 하는 상구가 더 큰 문제겠지.

"사이버보안학과는 뭐 하는 곳이에요?"

정용이 묻자 이민재는 쑥스러운 표정을 짓더니 이렇게 말했다.

"저도 잘 몰라요. 4년 내내 게임만 하다가 졸업하는 느낌이에요."

이민재는 키가 크고 마른 체형이었다. 이마와 뺨엔 중학생처럼 여드름이 나 있었고, 목소리는 잎이 다 떨어진 대추나무 가지처럼 얇고 날이 서 있었다. 당분간, 정용은 이민재와 함께 지내기로 했다. 원래 둘이 쓰던 방이었으니까. 성용의 머릿속에선 계속 그 말이 맴돌았다. 원래 둘이 쓰던 방.

처음 일주일 동안 이민재는 잠잠했다. 정용은 편의점 아르바이트를 마치고 새벽 1시쯤이나 돼야 자취방으로 돌아오곤 했는데, 이민재는 첫날을 빼곤 늘 그 시간까지도 귀가하지 않았다. 벌써 야간 아르바이트를 잡았나? 정용은 신경 쓰지 않았다. 그저 잠깐 머물다 떠나는 친구나 다름없으니까. 늦은 오전 잠에서 깨어나 보면 이민재는 허리를 잔뜩 구부린 자세로 침대 아래 잠들어 있었다. 정용은 침대에 앉은 채 멀거니 그 모습을 오랫동안 내려다보았다. 때론 어떤 풍경을 보는 것만으로도 기도가 나올 수 있다는 것을 그즈음 정용은 깨닫고 있었다.

이민재가 본격적으로 정용의 삶 안으로 들어오기 시작한 것은 그다음 주부터였다.

아르바이트를 마치고 자취방 욕실에서 샤워를 하고 있는데 문밖에서 무언가 쿵, 무거운 것이 떨어지는 소리가 들렸다. 수건으로 대충 몸을 닦고 욕실 밖으로 나와 보니 이민재가 신발장에 등을 기댄 채 앉아 있었다. 그의 몸에선 술 냄새가 진동했고, 게슴츠레 뜬 실눈은 자신의 종아리 쪽을 바라보고 있었다.

정용은 그를 부축해 자리에 눕혔다. 이민재는 눈을 감고 가만히 누워 있었지만 잠든 것 같진 않았다. 몇 번 발작적으로 기침을 해대기도 했다. 그러다가 정용이 바로 옆 침대에 눕자, 취기 어린 목소리로 이렇게 말했다.

"형……. 형이라고 불러도 되죠?"

정용은 대꾸 없이 스마트폰만 바라봤다. 스마트폰 불빛이 자취방 벽면에 커다란 그림자를 만들어냈다.

"형……. 나 여기 올라와서 아직까지 한 명도 만난 사람이 없어요……. 형 말고 말해본 사람도 없고……. 왜 이렇게 만날 사람도 없냐, 여긴?"

이민재는 그 말을 하곤 한동안 조용했다. 정용은 슬쩍 고개를 돌려 그를 바라보았다. 그는 고개를 모로 돌리고 있었다.

"형……. 왜 시골 아빠들은 다 가난하지? 왜 애들 자취방 하나 못 구해줄까?"

정용은 그때부터 스마트폰을 껐다. 자취방엔 이제 어둠만
이 남았다.

"가난한 아빠들이 가난한 애들을 키우고, 가난해서 술 취
한 아빠들이 다시 가난해서 술 취한 아이들을 만들고……."

이민재는 마치 라임을 맞추듯 웅얼거렸다. 정용은 그 소리
가 듣기 싫었다. 더 이상 누군가를 원망하고 싶진 않았다.

"말할 사람이 없으니까요, 형……. 자꾸 술하고 얘기하는
거 같아요."

정용은 그래도 대꾸하지 않았다. 대꾸하지 않으려고 노력
했다.

"형……. 나 여기서 형하고 더 같이 살아도 돼요? 아이, 난
참…… 그래도 누가 옆에 있는 게 좋거든요."

이민재는 그러곤 쌕쌕, 일정한 숨소리를 냈다. 정용은 눈을
감지 않은 채 어두운 자취방 벽을 바라보았다. 그 벽에 손가
락으로 아무 의미 없는 글씨를 써나갔다.

말할 사람. 말할 사람.

정용은 자신이 무엇을 쓰는지도 알지 못한 채 계속 자신의
손가락을 움직였다. 어둠 속에서 손가락에 무언가 살짝 닿는
느낌이 들었다.

작가의 말

2017년 1월부터 2021년 크리스마스이브까지, 꼬박 5년 동안 한 일간지에 연재한 소설을 책으로 묶는다. 교정을 보면서 몇몇 꼭지는 아예 빼버렸고, 또 어느 대목은 완전히 다르게 고쳐 썼다. 여름 내내 그 작업을 하다가 혼자 살짝 놀라기도 했는데, 그때마다 '뭐지? 왜 갈수록 더 엉망이지?' 같은 말들을 종종 웅얼거리기도 했다. 그건 나 자신에게 하는 말이기도 했고, 내 또래, 혹은 내 윗세대들에게 하고 싶은 말이기도 했다.

짧은 소설은 대체로 섬광처럼 나타나는 '순간'이나 '사건'에 집중하기 좋은 장르이지만, 아무래도 '인물'에 대해선 깊이 들어갈 수 없다는 단점이 있다. 그 단점을 돌파해보고자 지난 5년 동안 소설 속 두 인물, '전진만'과 '박정용'의 뒤를 부지런히 쫓아다녔는데, 지나고 보니 내가 기록한 것은 그 친구들이 아닌, 그 친구들의 '흐르는' 시간뿐이었던 것 같다. 나는 겨우 그것만 할 수 있었다.

그 친구들의 시간이 이렇게 흘러가게 될지, 나 역시 예상하지 못했다.

그러니까 내가 놓친 것은 시간이란 '흐르는 것'만이 아닌, '쌓이는 것'이라는 사실이었다. 그 친구들의 쌓인 시간을 내가 제대로 보지 못했다는 것, 그것을 이제 와 자인할 수밖에 없다. 부끄럽지만 나는 처음 농담을 건네는 마음으로 이 글을 시작했다. 물론 지금은 아니다. 조금 더 진지하게 생각하기 시작했다.

'지방'과 '청년'은 정치인들이 선거 때마다 즐겨 찾는 단어이기도 하다. 그때의 '지방'과 '청년'은 한데 뭉뚱그려졌다가 곧 사라져버리는 대상이기도 하다. 작가는 좀 다르다. 작가에겐 애당초 보편적인 '지방'과 '청년'은 존재하지도 않는다. 각기 다른 지방과 각기 다른 청년만 있을 뿐이다. 이야기는 늘 거기에서부터 시작되는 법이다. 나는 지방에서 태어났고, 지방에서 성장했으며, 지금도 지방에서 살고 있다. 그건 누구도 나에게서 빼앗아갈 수 없는 내 감수성의 원천이기도 하다. 나는 그거 하나에 의지해 글을 쓰고 있다. 아마 앞으로도 그러할 것이다.

마음산책 출판사와는 벌써 세 번째 작업이다. 쌓인 시간만큼이나 애정의 크기도 달라진 것을 느낀다. 문학이란, 책을 내는 전 과정까지 포함하고 있다는 것. 그것을 또 한번 배운 시간이었다.

모두에게 감사드린다.

2022년 9월
이기호